CLARISSA

Stefan Zweig est né à Vienne en 1881. Il s'est essayé dans les genres littéraires les plus divers : poésie, théâtre, traductions, biographies romancées et critiques littéraires. Ses nouvelles l'ont rendu célèbre dans le monde entier. Citons La Confusion des sentiments, Amok, Le Joueur d'échecs, La Peur, Vingt-quatre heures de la vie d'une femme, Destruction d'un cœur. *Profondément marqué par la montée et les victoires du nazisme, Stefan Zweig a émigré au Brésil. Il s'est suicidé en même temps que sa seconde femme à Pétropolis le 22 février 1942.*

On retrouva dans les archives de Zweig, en 1981, un cahier dont la première page portait la mention suivante : « Entrepris la première version d'un roman, le monde entre 1902 et le début de la [Seconde] Guerre [mondiale], vu à travers l'expérience d'une femme. Esquissé simplement la première partie, le début de la tragédie, interrompu ensuite à cause du travail sur le *Montaigne*, troublé par les événements et l'absence de liberté dans mon existence. Stefan Zweig, novembre 1941-février 1942. » Témoignage émouvant de ses ultimes préoccupations, ce fragment – dont certains passages étaient complètement rédigés, d'autres seulement ébauchés – traduit le désir qu'avait Zweig de réécrire sous une autre forme son autobiographie. Le « monde d'hier » y est vu par les yeux d'une jeune fille autrichienne, Clarissa, née en 1894 et dont le destin se noue à l'aube de la Première Guerre mondiale, lorsqu'elle rencontre à Lucerne un jeune socialiste français, Léonard, qui n'est pas sans évoquer Romain Rolland.

STEFAN ZWEIG

Clarissa

ROMAN

TRADUIT DE L'ALLEMAND PAR JEAN-CLAUDE CAPÈLE

BELFOND

Ce livre a été publié sous le titre original :
CLARISSA
par Fischer Verlag, Frankfurt-am-Main.

1902-1912

Quand Clarissa, bien des années plus tard, s'efforçait de se souvenir de sa vie, elle éprouvait des difficultés à en retrouver le fil. Des espaces entiers de sa mémoire semblaient recouverts de sable et leurs formes étaient devenues totalement floues, le temps lui-même passait au-dessus, indistinct, tels des nuages, dépourvu de véritable dimension. Elle parvenait à peine à se rendre raison d'années entières, tandis que certaines semaines, voire des jours et des heures précis et qui semblaient dater de la veille, occupaient encore son âme et son regard intérieur ; parfois, elle avait l'impression, le sentiment de n'avoir vécu qu'une partie infime de sa vie de façon consciente, éveillée et active, tandis que le reste avait été perçu comme une sorte de somnolence et de lassitude, ou comme l'accomplissement d'un devoir vide de sens.

Au contraire de la plupart des gens, c'est de son enfance qu'elle se souvenait le moins. En raison de certaines situations particulières, elle n'avait jamais connu une vraie maison et un véritable environnement familial. Par un enchaînement de circonstances malheureuses, sa naissance dans une petite ville de garnison, en Galicie, où avait été affecté son père, qui n'était alors que capitaine dans l'état-major, avait coûté la vie à sa mère : le médecin du régiment avait la grippe, et celui qu'on avait alerté par télégraphe, dans la localité voisine, retardé par des congères, était arrivé trop tard pour pouvoir lutter avec succès contre la pneumonie qui s'était déclarée entre-temps. Immédiatement après son baptême, à la garnison, Clarissa fut amenée avec son frère, de deux ans son aîné, chez sa grand-mère, une femme elle-même déjà diminuée et qui avait besoin de plus de soins qu'elle n'en pouvait donner ; après sa mort, on plaça l'enfant chez l'une des demi-sœurs de son père, plus âgée que lui, tandis que son frère était recueilli par l'autre, la plus jeune. Avec les maisons changeaient aussi les visages, les silhouettes des domestiques qui s'occupaient d'elle – des Allemands, des Bohémiens, des Polonais –, et elle n'avait jamais le temps de s'habituer, de s'adapter, de se réchauffer, de s'intégrer. Elle n'avait pas encore surmonté cette première intimidation quand son père fut nommé attaché militaire à Pétersbourg, en 1902, alors qu'elle avait huit ans ; le conseil de famille, désireux de donner aux deux enfants une plus grande stabilité, décida alors d'envoyer le fils à l'école des cadets et de mettre Clarissa en pension dans une institution religieuse près de Vienne. Sa mémoire avait gardé peu de souvenirs de son père, qu'elle voyait rarement. En fait, elle ne conservait de cette époque guère plus que le souvenir de son visage et de sa voix, de son uniforme d'un bleu rayonnant orné de médailles rondes et tintinnabulantes avec lesquelles elle aurait volontiers joué s'il n'avait, pour faire son éducation de même que celle de son frère, écarté brutalement la main enfantine de ces décorations. De son frère elle ne gardait l'image que de son costume de marin ouvert et de ses cheveux blonds et lisses qu'elle lui enviait un peu.

Les dix années suivantes, entre sa huitième et sa dix-huitième année, Clarissa les passa dans cette institution religieuse. Dans une certaine mesure, c'est à un trait de caractère de son père qu'elle devait d'avoir conservé si peu de souvenirs d'une période aussi longue. Leopold Franz Xaver Schuhmeister qui, à cette époque, gravit peu à peu les échelons jusqu'au grade de lieutenant-colonel, le poste le plus élevé de l'état-major, était considéré dans les hautes sphères militaires comme l'un des tacticiens et des théoriciens les plus érudits et les plus compétents, même si un rien d'ironie accompagnait le sentiment de respect tout à fait sincère qu'inspirait son sérieux, sa fiabilité et sa hauteur de vue. En privé, le commandant en chef le surnommait toujours avec un léger sourire «notre maître statisticien». Car Schuhmeister, travailleur opiniâtre et acharné, assez timide et gauche sous sa rudesse apparente, voyait dans l'élaboration d'un service de renseignements efficace la condition préalable à tout succès militaire; c'est progressivement qu'il en était arrivé à cette conclusion, car, de toute façon, il se méfiait de toute forme d'intuition et de souplesse dans les choses de la guerre; il rassemblait avec un zèle qui lui valait l'admiration sincère de l'état-major du pays voisin, l'Allemagne, toutes les données imaginables sur les armées étrangères – des informations publiées à titre officiel – sous forme de coupures de journaux qu'il complétait constamment et classait dans des fascicules bien ordonnés, des fascicules secrets auxquels il ne laissait accéder personne. Dans cet isolement, il était devenu une autorité que l'on respectait à l'étranger (comme cela se produit toujours), et même que l'on craignait. Trois ou quatre pièces abritaient un laboratoire dans lequel il conservait des données sur l'armée – l'armée des dossiers et celle, bien vivante, des hommes; les attachés militaires autrichiens des différentes ambassades le maudissaient à cause des formulaires qu'il leur envoyait sans cesse pour leur demander des renseignements sur les détails même les plus insignifiants afin de les intégrer ensuite à son herbier militaire. Entreprise par sens du devoir et par conviction, cette collection de détails toujours plus nombreux, de même que leur organisation en tableaux statistiques et en synthèses, devint pour lui, en raison de son goût pour la systématisation, une véritable passion, sinon une manie; elle remplissait entièrement son existence que la perte prématurée de son épouse avait rendue vaine et vide, et lui donnait à nouveau un sens. C'étaient les petites joies de la symétrie et de la propreté que connaît l'artiste, car l'instinct du jeu est un asservissement. Il aimait les encres rouges et vertes, les crayons bien taillés. Cela avait le charme d'un cabinet de curiosités. Son fils n'en avait jamais rien vu – c'était la douleur secrète du père. Lui seul connaissait ce plaisir technique consistant à remplir des fiches et à les comparer. Autrefois, quand il rentrait à la maison, après le bureau, il enlevait son col empesé et, ses gestes étant devenus plus souples et tendres, il écoutait plein de reconnaissance sa femme jouer du piano pour lui, et son âme quelque peu pétrifiée se relâchait légèrement sous l'effet de la musique ; ils allaient au théâtre ou à des réceptions ; cela lui changeait les idées et lui permettait de se détendre. Après la mort de sa femme, les soirées devinrent complètement vides, car il se savait gauche en société, et il les remplissait – avec un porte-plume, des ciseaux et une règle – en élaborant et en distillant même à la maison des fichiers et encore des fichiers qui lui servirent ensuite pour la publication de ses «Tableaux de statistiques militaires», dans lesquels, bien sûr, il avait omis de faire figurer les éléments les plus secrets des informations concernant la patrie. Ainsi, c'est à lui qu'on prit l'habitude de demander des renseignements dans le cadre du service au lieu de les faire venir tout simplement du bureau voisin. De ce qui aux yeux des autres était la réalité la plus aride qui soit – les chiffres et les nombres, les quantités et les soustractions – lui, déjà plus mathématicien que soldat, retirait dans sa petite chambre un plaisir secret et incompréhensible pour la plupart, celui du savoir ; c'est avec une fierté croissante qu'il considérait l'arsenal grandiose, véritable trésor de l'Autriche, qu'il avait constitué pour l'armée et la monarchie sous la forme de ces dizaines de milliers d'observations. Et effectivement, en 1914, ses évaluations se révélèrent plus exactes que les estimations optimistes de Conrad Hötzendorff. Pour lui, le mot écrit remplaçait de plus en plus la parole, et les données classées le monde extérieur ; aux yeux des autres, il apparaissait de plus en plus dur et renfermé alors qu'au fond il était tout simplement un peu plus seul. Plus il vivait reclus dans sa solitude et plus il s'habituait à remplacer la conversation par des notes.

Tout exercice répété inlassablement se mue en habitude, se fige très vite en routine ; la routine, à son tour, se pétrifie pour devenir contrainte et entrave : on est finalement incapable d'entreprendre quoi que ce soit autrement que de façon systématique.

Ainsi, pour appréhender une chose ou un événement quelconques, cet étrange soldat ne connaissait qu'une seule méthode : le tableau statistique. Et même quand il s'agissait des sentiments de ses enfants, la retenue qu'il montrait dans ses marques d'affection et la maladresse de ses paroles le rendaient incapable de manifester son amour paternel autrement qu'en exigeant constamment de leur part un rapport écrit sur le déroulement de leur vie et de leurs études. Dès la première visite qu'il rendit à Clarissa après être rentré de Pétersbourg et avoir repris son poste au ministère de la Guerre, il apporta à la fillette de onze ans une pile de feuilles de format identique ; sur la première, il avait soigneusement tracé un modèle de lignes. Désormais, Clarissa devrait remplir tous les jours une de ces feuilles en notant ce qu'elle avait appris à chaque heure de cours, quels livres elle avait lus, quels morceaux de musique elle avait étudiés au piano ; le dimanche, elle enverrait ces sept feuillets accompagnés d'une lettre d'explications à son père qui, de la sorte, croyait favoriser à sa manière, généreuse et honnête, l'évolution de son enfant en l'obligeant dès sa plus tendre enfance à acquérir le sens de ses responsabilités et une ambition tenace. En réalité, le caractère machinal de ces rapports et de ces annotations quotidiennes eut pour effet d'ôter à Clarissa toute vue d'ensemble sur ces années, car les impressions, au lieu de s'accumuler et de prendre du relief, tombaient en poussière et se désintégraient sous l'effet de ces rapports prématurés ; une fois parvenue à l'âge adulte, elle ne mit pas fin de son propre chef à cette marotte, même si elle sentait combien elle avait tort, ne serait-ce que d'un point de vue spatial, car ce compte rendu la privait de bien des joies : sa vie avait été décortiquée trop tôt. Plus tard, quand elle repensait à cette époque, elle ne pouvait s'empêcher de se dire que son père lui avait enlevé au cours de sa scolarité tout le plaisir qu'auraient pu lui procurer la littérature et la peinture en lui donnant, jour après jour, la même ampleur, alors qu'elle devait se rendre compte plus tard qu'un seul moment d'exaltation fait s'épanouir en nous plus de choses qu'un mois entier ou une année, et qu'à cause de son père, l'institution religieuse lui avait semblé encore plus méthodique et monotone qu'elle ne l'était en réalité. Elle ne put cependant s'empêcher de ressentir une profonde émotion le jour où, après la mort de son père, elle retrouva ces feuillets, ces journées de sa vie, soigneusement rangés dans le tiroir de son bureau. Il les avait classés dans l'ordre où elle les lui avait envoyés, et il en avait fait des liasses. Avec une méthode exemplaire, comme on pouvait s'y attendre. Elle n'en avait jamais rien su. Son père était très satisfait. Il avait souligné certaines choses à l'encre rouge. Un jour qu'elle n'était pas parvenue à réciter un vieux poème, il manqua défaillir de honte et de désespoir, car c'était un homme fier. Il saisit donc une règle avec laquelle une joie morte barra un être mort. Chaque mois était entouré d'un ruban, et chaque semestre placé dans un carton spécial où il conservait ses bulletins scolaires et un rapport de la mère supérieure sur ses progrès et son comportement ; pendant les soirées, cet homme seul tentait à sa manière de participer à la vie de sa fille, et elle découvrit dans les réponses de la mère supérieure avec quelle joie – une joie qu'il n'avait jamais osé montrer au grand jour – il cherchait maladroitement à suivre son évolution, ne connaissant pour ce faire aucune autre méthode que celle qui était la sienne. Pour voir, Clarissa déplia quelques-uns de ces feuillets. Ils ne lui parlèrent pas. Ce qui, un jour, avait été sa vie ne produisit pour tout effet qu'un froissement de papier. Des leçons sur des choses qu'elle avait oubliées depuis longtemps. Elle tenta donc de se souvenir de la réalité telle qu'elle avait été, et peu de choses lui revinrent en mémoire sur ces temps révolus.

En fait, elle ne se souvenait que des dimanches. Dans la semaine, la journée, monotone, était subordonnée au son de la cloche, immuable ; hiver comme été, il fallait se lever le matin à la même heure et du même lit, se laver au même moment et porter tout au long de ces années le même uniforme ; tout était codifié – la place qu'on avait à l'église et celle qu'on occupait à table, son assiette et sa serviette ; ensuite, l'engrenage de la journée tournait à un rythme régulier, de la messe matinale jusqu'à la prière du soir, dans les mêmes pièces, interrompu seulement par la promenade effectuée elle aussi à heures fixes, en rang par deux, la bonne sœur devant, avec sa coiffe blanche empesée. C'était la seule petite lucarne ouverte sur l'univers qui se trouvait à l'extérieur de ces murs et commençait au grand portail. Chaque fois, il suscitait le désir secret de voir un peu plus de ces rues et de ces magasins et de ces maisons, la ville, cette « autre chose » qu'elle ne connaissait pas, qui n'était pour elle qu'une fissure, une fente étroite ; là, l'haleine de tous ces gens inconnus donnait à l'air une autre saveur ; mais les consignes étaient strictes : il fallait marcher les yeux baissés et se garder de la curiosité des étrangers ; là, les bavardages étaient plus animés, car leur environnement donnait aux jeunes filles le sentiment d'un changement dans la monotonie de leur existence. Le dimanche, seul jour où le portail s'ouvrait sur cet univers, où une lueur fugitive pénétrait jusqu'à elles, les parents et les familles venaient rendre visite à leurs enfants ou à leurs protégées, et chacun apportait quelque chose, de petits cadeaux ou au moins une bonne conversation, des nouvelles, des idées et surtout ce dont ces jeunes êtres immatures avaient le plus besoin : un peu de considération et de tendresse. Chacune avait alors l'impression de s'élever l'espace de deux ou trois heures au-dessus de la masse grise des autres, comblée, abreuvée d'impressions. Le dimanche soir, quand la maison se refermait, les bavardages se faisaient plus animés encore, car il y avait de la matière, et le petit moi qui se cachait sous la blouse grise de l'école se trouvait revivifié.

Pour Clarissa, le quatrième dimanche du mois constituait toujours un moment de fierté, mais aussi d'inquiétude, car son père lui rendait visite à intervalles réguliers, avec une ponctualité toute méthodique ; elle ne se souvenait que de deux fois en dix ans où il avait anticipé sa visite : la première alors qu'elle souffrait d'une grave inflammation de la gorge, et l'autre avant son départ pour une mission secrète à Constantinople. L'inquiétude pointait dans les jours qui précédaient sa venue et qu'elle occupait à des préparatifs secrets pour lui faire plaisir, mais aussi pour exister face à lui. Car l'acuité de son regard de soldat aurait immédiatement découvert la moindre anomalie dans sa tenue, et il l'en aurait blâmée ; elle vérifiait avant lui chaque détail, sa robe du dimanche, par exemple, qu'elle embellissait grâce à quelques plis, et elle veillait à ce que le tissu tombât parfaitement et à ce qu'aucune tache ne lui eût échappé ; de même, ses livres de classe et ses cahiers devaient être soigneusement préparés pour l'inévitable inspection paternelle, car le lieutenant-colonel Schuhmeister aimait beaucoup mettre sa fille à l'épreuve en se livrant à une petite coquetterie qui consistait à étaler ses connaissances en français et en anglais, grammaticalement irréprochables, la prononciation seule trahissant les efforts que lui avait coûtés leur apprentissage dans les livres. Mais après la phase de l'inquiétude commençait celle de l'attente de ce moment qui l'élevait au-dessus des autres – le moment de la fierté. Car même si le comte Hochfeld avait placé sa fille dans ce pensionnat et s'il manquait rarement parmi les parents du dimanche, même si quelques mères aisées exhibaient leurs riches toilettes dans les parloirs et si ces dames bien habillées apportaient avec elles leur parfum, si bien que l'odeur de ces essences délicates flottait parfois encore le lendemain dans cette pièce froide et qui sentait le renfermé, le lieutenant-colonel était de loin le plus imposant des « pères ». Elle sentait combien les autres jeunes filles l'enviaient quand il arrivait en bas, dans son landau, et qu'il bondissait à terre – saut bien étudié – en faisant tinter ses éperons. Sans s'en rendre compte, les autres s'écartaient pour former une haie, et lui, habitué à marcher entre deux cordons, s'avançait, bien droit et sûr de lui, sans éprouver le moindre embarras, considérant comme allant de soi les marques de respect qu'on lui témoignait dans la rue et à la caserne. À côté des robes de fête et des vestes du dimanche que portaient les propriétaires terriens, son uniforme bleu profond bien taillé brillait comme un bout de ciel d'été par temps couvert, et cet éclat ne s'estompait pas quand il s'approchait d'un pas fougueux. Car tout chez cet homme à la stature imposante brillait et miroitait d'une propreté méticuleuse, depuis les souliers noirs vernis jusqu'à la raie dans ses cheveux légèrement huilés ; le moindre bouton de métal était un véritable petit miroir, la veste d'officier soulignait chaque ligne de ce corps musclé et élancé ; au-dessus de sa moustache lissée, soigneusement tournée en croc, et de son visage rasé de près flottait un léger parfum d'eau de Cologne : c'était un père « décoratif » qu'une fillette ne pouvait imaginer plus fier, comme tout droit sorti d'un livre d'images, une sorte d'empereur ou de prince terrestre, avec un sabre qui tintait discrètement à son côté. D'un pas résolu, il se dirigeait vers la mère supérieure, qui perdait un peu de sa douceur et se raidissait face à cette haute stature. Il effectuait devant elle une courbette respectueuse, mais mesurée ; il saluait ensuite poliment, en atténuant imperceptiblement sa courbette, chacune des bonnes sœurs qui devaient chaque fois se départir de l'embarras que leur inspirait cet homme rutilant. C'est alors seulement qu'il se tournait vers sa fille et déposait un baiser tendre et léger sur son front rougissant de bonheur – et chaque fois, elle respirait le parfum délicat de son eau de Cologne.

Cette arrivée de son père au parloir, toujours aussi impressionnante, même si elle ne variait guère d'une fois sur l'autre, était l'instant le plus beau pour Clarissa, un instant qui ne la décevait jamais. Car à peine se retrouvait-elle seule avec son père qu'une certaine gêne s'instaurait entre eux. Habitué seulement aux relations militaires, uniquement adapté aux questions et aux réponses pratiques, cet homme resplendissant et de grande taille ne savait jamais comment engager une conversation affectueuse et personnelle avec cette enfant timide et empruntée. Après quelques questions maladroites d'ordre on ne peut plus général telles que «Est-ce que tu vas bien?» ou «As-tu reçu une lettre d'Édouard?», auxquelles elle répondait par monosyllabes, tant elle était mal à l'aise, l'entretien se muait immanquablement en une sorte d'examen. Elle devait lui montrer ses cahiers, lui parler en français ou en anglais de ses progrès scolaires; et cet homme touchant dans sa maladresse prolongeait sans le vouloir cet interrogatoire interminable, comme mû par la crainte secrète que les sujets pratiques ne vinssent à manquer de sorte qu'il se retrouverait perplexe et muet face à son enfant. Elle sentait bien que tandis qu'elle se penchait sur son cahier pour lui montrer un devoir, son regard affectueux et presque ému se posait sur ses cheveux ou sur sa nuque; et dans ces moments-là, elle espérait peut-être secrètement qu'il se décidât une fois, une seule fois à lui caresser les cheveux de la main, de cette main qu'elle attendait et qui restait posée sur la table; c'est à dessein qu'elle passait un peu plus de temps qu'il n'était nécessaire à feuilleter son cahier, envahie par le sentiment agréable et palpitant de se savoir aimée; mais quand elle finissait par lever la tête, le regard de son père, trop timide pour croiser le sien, prenait un air concentré et se fixait immédiatement sur le texte. Dès que cet interrogatoire aride et hésitant prenait fin, il avait recours à une ultime échappatoire pour combler le temps, pour éviter de se retrouver seul avec elle – une intimité qu'il n'avait pas la force d'assumer. «Veux-tu me jouer le nouveau morceau que tu as travaillé?» Elle s'asseyait alors au piano et jouait. Elle sentait, dans son dos, son regard qui l'enveloppait. Quand elle avait fini et qu'elle restait assise là, comme suspendue dans le vide, il s'approchait d'elle et murmurait une chose gentille: «Ce morceau a l'air très difficile. Mais tu l'as joué à merveille. Je suis très content de toi.» Ensuite arrivait le moment de la séparation et le même baiser paternel qui venait juste effleurer son front, et quand le fiacre commandé à la minute près s'éloignait, elle éprouvait un regret étrangement oppressant, mais très obscur, comme si elle-même ou son père avaient oublié de dire quelque chose et que leur entretien s'était interrompu précisément à l'instant où il aurait dû commencer, et celui qui repartait éprouvait lui aussi un mécontentement à peine voilé vis-à-vis de lui-même. Entre deux visites, il s'efforçait de réfléchir à des questions qui dépasseraient les aspects purement pratiques, qui pourraient la concerner et révéler un peu de ses désirs et de ses penchants, mais même quand sa fille eut grandi, sa maladresse, au lieu de s'atténuer, alla croissant : au moment décisif, à l'instant où il se retrouvait face à elle et sentait son regard posé sur lui, il n'était plus capable de lui parler naturellement.

Le contraste n'en était que plus grand quand Édouard, le frère de Clarissa, qui était de deux ans son aîné, se rendait le dimanche au parloir. En fait, jusqu'à sa quinzième année, c'est avec réticence qu'il quittait son école de cadets à Wiener Neustadt pour aller la voir, se contentant d'obéir aux ordres de son père, imbu de cette arrogance que les jeunes garçons ont l'habitude de manifester à l'endroit des jeunes filles ; sans daigner accorder aux autres demoiselles le moindre regard, il plaisantait un peu avec sa petite sœur, rapidement, puis prenait congé en toute hâte pour gâcher le moins possible son précieux dimanche après-midi. Mais dès que l'esquisse d'une petite moustache commença d'ombrer ses lèvres rouges et fraîches, il se rendit compte du trésor que sa personne – peu gâtée à l'école des cadets – représentait dans un pensionnat de jeunes filles. Depuis la rue, déjà, il apercevait des visages juvéniles qui chuchotaient à la fenêtre, pleins d'exaltation, pour disparaître l'instant d'après en gloussant, et quand il pénétrait dans le parloir il sentait un véritable essaim de regards curieux envelopper son uniforme de cadet. Une fois qu'il eut pris conscience de l'importance de son rôle, il l'étudia jusqu'à la perfection avec une sorte de calcul amusé. À peine arrivé, il embrassait sa sœur en manifestant une tendresse si appuyée et tant de fougue que les petits gloussements polissons qui s'élevaient çà et là s'étranglaient comme un toussotement s'étouffe dans la gorge. Lui, le coq en pâte, dans sa vanité toute juvénile, éprouvait autant de plaisir à se sentir dévisagé par elles qu'il en avait à les contempler à son tour à satiété ; il ne cachait pas le moins du monde à sa petite sœur, à qui il portait une affection pleine de camaraderie, qu'il espérait bien que toutes ces créatures emprisonnées tomberaient amoureuses de lui. Il savait se montrer chevaleresque, trop chevaleresque pour pouvoir jamais dépasser les bornes. Il savait impressionner. Enfin, il était là ; Clarissa était heureuse. Il se faisait présenter à chacune des jeunes filles et, matois, faisait semblant de savoir une foule de choses à leur sujet. « Ah, c'est vous, mademoiselle Tide. Ma sœur m'a si souvent parlé de vous », disait-il, et ses yeux sombres et doux, couleur noyer, ces yeux qu'il avait hérités de sa mère slave, lui adressaient un sourire étrange, comme si Clarissa lui avait révélé les secrets les plus intimes de ses amies. L'ambiance était drôle. Il promettait d'amener ses camarades avec lui. Parfois, les gloussements et les petits rires étaient si nombreux que les bonnes sœurs fronçaient les sourcils d'un air sévère. Aussi décontracté que son père était embarrassé, il bavardait avec sa sœur, acceptait quelques petites avances prises sur l'argent de poche qu'elle avait mis de côté et se faisait offrir des cigarettes ; à nouveau, mais d'une autre façon, Clarissa était fière qu'on lui enviât un frère aussi galant, aussi charmant et aussi complaisant, et quand, à son tour, il prenait congé, bien des petites têtes surgissaient aux fenêtres ; et quand elles le croyaient déjà disparu, elles lançaient derrière lui quelques œillets.

Ensuite revenaient la journée de classe, la semaine de classe, le temps gris et incolore, une petite vague qui, insensiblement, allait grossir le fleuve de sa vie et dont le cours monotone, avant même qu'elle en eût pris conscience, emportait avec lui son enfance.

Le seul événement qui émut Clarissa sur un plan humain et personnel se produisit au cours de l'avant-dernière année qu'elle passa dans son pensionnat. Jusque-là, elle ne s'était attachée à aucune de ses camarades de classe en particulier, car bien qu'elle fût appréciée de tous, il y avait dans sa retenue, héritée de son père, quelque chose qui freinait les confidences et les folles exaltations de ces jeunes filles d'ordinaire si bavardes; toutes aimaient parler avec elle et lui demandaient conseil sans pourtant se confier à elle; Clarissa, en revanche, se concentrant avec tout son sérieux sur son travail, ne ressentait aucune nécessité de sortir d'elle-même, et en quittant son école elle perdit non seulement le contact avec ses camarades de classe mais aussi le souvenir de la plupart d'entre elles. Aussi fut-elle d'autant plus préoccupée par l'être étrange dont la présence et le destin, franchissant telle une brise légère les murs de l'école, lui apportèrent une première idée des réalités.

Rosie était une jolie rousse – boutonneuse en hiver, couverte de taches de rousseur en été – qui se montrait à l'affût de la moindre nouveauté et se livrait en toute occasion à un commérage irrépressible. La veille, déjà, Rosie avait annoncé aux filles qu'il fallait s'attendre à voir arriver une «nouvelle» et qu'on assisterait donc à la cérémonie du jugement de la débutante. Malgré cette annonce, son arrivée fut une surprise exaltante. D'ordinaire, en effet, quand une «nouvelle» pénétrait dans les salles de classe du couvent, c'est avec timidité et anxiété qu'elle passait le seuil, comme si elle devait d'abord éviter un pentacle caché, pour subir ensuite, tête basse, la curiosité inquisitrice de cinquante ou quatre-vingts regards vigilants et en majorité critiques. Mais la jeune fille tout juste âgée de seize ans que la mère supérieure fit entrer pour la première fois à la cantine en la tenant négligemment par la main marchait avec légèreté et assurance, ses yeux ronds et rieurs passaient de l'une à l'autre comme si elle les avait toutes imaginées exactement telles qu'elles étaient ; elle adressa un hochement de tête cordial à ses voisines de table et déclara tout de suite qu'elle avait une vue splendide depuis la fenêtre de sa chambre. Les cours n'avaient pas encore commencé qu'elle était déjà l'amie intime de quelques-unes des jeunes filles. Les saluant chacune d'un « Bonjour » ingénu, elle leur demandait leur prénom en glissant à chacune quelques mots gentils. « Comme tes cheveux sont beaux », dit-elle à la fille assise à côté d'elle, en faisant rouler une boucle entre ses doigts. « Ah ! si seulement j'en avais de pareils ! Les miens sont rebelles et trop drus. » Quand elle se sentait observée par une compagne, elle la regardait droit dans les yeux et répondait d'un rire joyeux et chaleureux. Au bout d'une heure, toutes les filles étaient impatientes de parler avec Marion – elle s'appelait ainsi, et ce prénom étranger lui allait bien –, et il leur tarda de voir arriver le soir et la courte pause qui leur était accordée alors pour bavarder. Dans la chambre, un cercle se forma immédiatement autour de la « nouvelle » ; elle n'eut pas la modestie de refuser d'être ainsi au centre de l'intérêt général, mais ne fit preuve d'aucune présomption. Elle les félicita : « Comme vous êtes gentilles avec moi, dès le début ! Je craignais un peu cette première journée, mais l'ambiance est vraiment charmante chez vous », ajouta-t-elle en s'asseyant de la manière la plus gracieuse sur l'accoudoir du fauteuil, balançant ses petits pieds, et l'on eût dit que leur balancement était une confirmation silencieuse de son approbation. En fait, il eût fallu avoir un goût particulier pour affirmer qu'elle était belle ; mais elle donnait néanmoins une impression de distinction et elle était tout à fait attirante avec ses grands yeux ronds auxquels des sourcils prononcés donnaient d'ailleurs plus de caractère que les pupilles assez ternes ; elle était peut-être aussi légèrement myope, car elle plissait souvent les yeux, ce qui conférait à son regard une expression à la fois charmante et captivante et, quand elle riait, elle prenait même un petit air polisson. Ses traits, qui n'étaient pas encore complètement formés, semblaient assez grossiers dès qu'on la regardait de plus près ; elle avait un nez un peu trop large et un front trop plat, mais il était difficile de la contempler comme une image, car elle bougeait constamment et, surtout, elle se tournait de tout côté, comme si elle craignait de laisser quelqu'un à l'écart de cette conversation ! Le trait qui la caractérisait le mieux était incontestablement une générosité empreinte de gaieté, le souhait non seulement de plaire à toutes les autres, mais de leur faire plaisir, et elle savait communiquer ce charme et cette amabilité par chacun de ses regards et de ses gestes à toutes les filles, même à la moins réceptive.

Dépourvue de toute méchanceté et tout à fait consciente de l'intérêt qu'elle suscitait, elle parla d'elle-même dès le début avec une insouciance et une honnêteté évidentes. Sa famille avait beaucoup vécu à l'étranger, et à présent que son père avait des engagements professionnels pour un certain temps en Amérique du Sud, *Maman* * – elle ne disait pas « Mère », comme les autres, ni même « Mama », mais « *Maman* », prononcé avec un accent français – *Maman* avait préféré lui faire faire des études ; c'était terrible, dit-elle, d'avoir manqué tant de choses à cause de tous ces déplacements qu'elle avait faits autrefois, de-ci, de-là. En fait, elles auraient dû partir pour la Bolivie, mais *Maman* ne supportait pas le climat, et il était essentiel pour les jeunes filles de recevoir une bonne éducation – bien sûr, elle craignait d'avoir un peu de mal à les suivre, car elle n'avait aucune connaissance en mathématiques, et ne savait de la géographie que ce que lui en avaient appris ses voyages. Elle poursuivit ainsi, avec légèreté et en même temps sûre d'elle-même et décontractée, portée non pas tant par la conscience de sa propre valeur, mais par une joie de vivre palpitante et juvénile. Les autres l'écoutaient comme sous l'effet d'un charme, et voyaient surgir les noms de villes italiennes, les images de trains express et d'hôtels de luxe ; un flot de chaleur émanait de cet être qui parlait avec tant de

* En français dans le texte. *(N.d.T.)*

générosité ; elle apportait avec elle les images les plus colorées, et toutes sursautèrent quand la cloche vint leur rappeler qu'il fallait se taire et aller dormir.

Ce qui devait arriver arriva : dès les jours qui suivirent, toutes les pensionnaires tombèrent amoureuses de cet être exotique, mais Marion avait le don d'apaiser les jalousies et les rivalités habituelles chez ces créatures jeunes et immatures en se montrant également cordiale et aimable à l'égard de chacune d'entre elles et en les consolant. Elle embrassait celles qui boudaient, serrait dans ses bras celles qui étaient fâchées et offrait des cadeaux aux jalouses ; elle savait les courtiser avec une grande passion et avec toutes sortes d'artifices. Même les pieuses bonnes sœurs et le personnel de service ne pouvaient échapper au charme de cet être qui rayonnait de gentillesse alliée à une finesse naturelle ; elle était comme une caresse, comme une cajolerie de la nature, et c'était précisément cela qui la rendait sympathique ; on ne pouvait feindre de l'ignorer, on était obligé d'une façon ou d'une autre de l'adorer ; on voyait que ses connaissances étaient assez lacunaires, qu'elle ne faisait pas preuve d'un zèle ou d'une opiniâtreté particuliers, et il était tout à fait charmant de la voir sursauter, effarée ou feignant de l'être, dès qu'il y avait quelque chose qu'elle ne savait pas, ou encore de voir la façon irrésistible qu'elle avait de vous demander un service et l'exaltation avec laquelle elle vous remerciait. Si un professeur tentait de se montrer sévère ou de prendre un air grave, la terreur déformait sa bouche, et elle semblait se figer sur place ; apparemment, elle avait été entourée d'affection depuis sa plus tendre enfance. Chaque fois qu'une fille se montrait désagréable à son égard, elle semblait plus consternée que vraiment fâchée ; de par son caractère, spontanément enclin à l'amabilité, elle était incapable de comprendre la méchanceté et la perfidie et, en tout cas, il n'était pas dans sa nature de chercher à prendre l'avantage sur les autres. De même, la joie de donner était chez elle plus intense que celle de recevoir, par exemple quand il s'agissait des bonnets et des petits riens qu'elle avait le don de confectionner ; quand des cadeaux – bonbonnières ou petits présents – arrivaient, envoyés par « *Maman* » ou par un autre bienfaiteur attentionné, comme l'oncle Théodore, elle passait en toute hâte de l'une à l'autre pour les partager, et la gaieté transparaissait toujours un peu dans ses paroles. Sa présence semblait avoir égayé toute la maison, jusqu'aux vieux murs gris sable du pensionnat qui se trouvaient comme éclaircis d'un ton.

Au début, Clarissa avait maintenu ses distances vis-à-vis de Marion, mais uniquement pour pouvoir l'observer, grâce à ce recul, avec plus d'intérêt et plus longuement. Sans probablement l'admettre de manière consciente, elle tentait de comprendre le mystère du charme qui émanait de cette jeune fille de son âge et d'acquérir son ouverture d'esprit en prenant modèle sur elle. Elle observait à la sauvette sa façon de marcher, de prendre une camarade par le bras, décontractée et légère, d'engager la conversation, les jours de visite, avec des gens totalement inconnus auxquels elle avait à peine été présentée et, avec un sentiment proche de la culpabilité, elle comparait cette facilité à ses propres inhibitions dont elle n'avait vraiment pris conscience que depuis l'arrivée de Marion ; Clarissa était incapable de se montrer affectueuse, et ce précisément quand elle croyait l'être le plus ; dans ce domaine, il lui fallait copier Marion, un peu comme une autre aurait essayé de reproduire un pas de danse, en cachette, dans sa chambre, ou comme on imite devant le miroir le sourire d'un acteur qu'on a vu sur scène. Tandis que Marion suscitait l'intérêt de tous, le regard des autres ignorait Clarissa, à juste titre – comme elle l'admettait honnêtement –, car il ne sert à rien d'éprouver les plus beaux sentiments si l'on ne parvient pas à les communiquer ; alors que tous traitaient Marion avec amour, chacun témoignait à Clarissa respect et réserve. Elle rêvait de pouvoir un jour se précipiter vers son père avec cet élan d'affection irrésistible que Marion manifestait aux connaissances les plus fortuites. En fait, c'est un peu le hasard qui rapprocha les deux jeunes filles.

Tandis que la plupart des pensionnaires rentraient chez leurs parents pendant l'été, Clarissa restait à l'école tous les ans parce que les grandes manœuvres militaires retenaient son père, et il en était de même pour Marion parce que « *Maman* » devait faire une cure à Gastein. La mère supérieure qui, vu le sérieux et la maturité de Clarissa, la traitait déjà en adulte, lui demanda si elle accepterait d'aider Marion qui, en classe, avait peine à suivre, en lui donnant des cours pendant les vacances scolaires, en bonne camarade. Clarissa accepta volontiers; Marion, suivant son caractère enthousiaste, se montra ravie et pleine d'ardeur; insensiblement, les longs moments passés ensemble firent naître entre elles une amitié. Les caractères réfléchis détiennent le secret pouvoir de souligner, au moins pour de courts instants, le sérieux de ceux qui sont plus légers, de sonder leur tréfonds grâce à leur propre gravité, et Clarissa remarqua bientôt que Marion, qui n'avait pas, vis-à-vis d'elle, le même comportement qu'avec les autres, n'était pas du tout aussi insouciante et légère que son charme et sa sociabilité pouvaient le laisser supposer, voire que ce besoin incessant de sentir autour d'elle une sympathie et une affection tangibles correspondait chez cette enfant à une profonde inquiétude et même à une peur de la solitude ou de l'abandon qu'elle cherchait à masquer en parlant et en bavardant sans cesse. C'était comme si elle s'éveillait au moment où le train s'arrête et, se rendant compte qu'il n'y a personne pour l'attendre, sentait à quel point elle était seule. De là son besoin de se faire aimer, de gagner l'affection des autres. Ces voyages d'hôtel en hôtel n'avaient pas été aussi grisants que se l'imaginaient avec envie les autres jeunes filles – le soir, quand ses parents allaient au casino ou au théâtre, on l'envoyait au lit, et elle pleurait toute seule, abandonnée dans des chambres inconnues; l'amour de « *Maman* » n'était pas non plus aussi infaillible que ses cadeaux étaient généreux. Elle souffrait également de n'avoir jamais reçu aucune lettre de son père, en Bolivie. « Il est tellement occupé, me dit toujours *Maman* pour me consoler, mais on peut tout de même écrire une lettre, et de toute façon…» Comme chaque fois qu'elle commençait à se plaindre, elle s'interrompait, toujours de façon abrupte, poussée par une sorte de fierté encore intacte, mais Clarissa sentait bien que Marion cachait un secret. La jeune fille finit par le lui révéler un soir, alors qu'elle venait d'apprendre que la visite de sa mère avait été une fois encore remise à plus tard. «Je ne sais pas ce qu'elle a», avoua-t-elle en se blottissant contre son amie et en la serrant fort dans ses bras, si bien qu'à chacune de ses paroles si passionnées, Clarissa sentait ses tremblements. «Mais personne ne m'aime jamais longtemps. Il doit y avoir quelque chose qui émane de moi. Tous m'aiment et sont pleins d'attentions pour moi au début, mais soudain, ils deviennent froids et distants. J'ai peut-être hérité cela de *Maman*. Elle aussi est entourée de gens qui changent constamment, ce ne sont jamais les mêmes. Mais moi, je ne le supporte pas. Ah, et le plus terrible, c'est cette froideur qui augmente, cette distance qui se creuse de plus en plus. On se sent rejeté, abandonné; il n'y a rien de plus affreux sur terre; je ne le supporte pas, je ne le supporte pas. Cela vous anéantit.» Et, blottie tout contre Clarissa, elle ajouta : «Tu sais, l'année dernière, nous étions à Évian. À côté de nous, à la table voisine, il y avait un charmant jeune garçon avec ses parents; il était très tendre, très agréable à regarder; il avait été élevé dans une demeure avec des domestiques et des chevaux – tu ne connais pas très bien ces choses, mais on le remarque à la façon dont quelqu'un s'assoit. Il faisait face à ma mère. C'était comme au théâtre. Mais quand il levait les yeux de son assiette, son regard se portait toujours sur moi. Je sentais que je lui plaisais, et que veux-tu, je suis ainsi, quand je plais à quelqu'un, cela m'enivre, cela me rend heureuse – je suis alors plus intelligente, plus vivante, plus drôle, je sens que chacun de mes mouvements est réussi, chaque mot me vient plus rapidement à l'esprit, je crois même que dans ces moments-là, je suis plus jolie que d'ordinaire. Au cours de l'après-midi, il s'approcha de moi, très courtois et en rougissant un peu, il se présenta et me demanda si je ne voulais pas faire la quatrième dans une partie de tennis. Le soir, ses parents nous saluèrent aimablement depuis leur table, et à partir de là, ils bavardèrent tous les jours avec *Maman*, l'invitèrent dans leur voiture, et moi, j'étais presque toujours en compagnie de Raoul. Mais un jour, soudain, pendant le déjeuner – imagine un peu ! –, il passe à côté de moi comme si je n'étais qu'un portemanteau, et ses parents ne nous saluent plus – imagine un peu, Clarissa, on est assis en face d'un garçon avec lequel, la veille encore, on jouait, bavardait et plaisantait – et pourquoi ne pas le dire, nous nous sommes même embrassés –, et l'on plonge le nez dans son assiette sans savoir quelle bêtise on a bien pu faire, et on se casse la tête. Mais cela remonte à près d'un an ; j'étais encore bête et je n'avais aucune fierté. L'après-midi, je le vois passer par les écuries ; je vais à sa rencontre et lui demande : "Raoul, qu'est-ce que cela signifie ? Que vous ai-je fait ?" Le garçon rougit, semble embarrassé et finit par dire d'un ton froid : "Je dois obéir à mes parents…" Et moi qui ne l'ai même pas giflé ! J'imagine ce qui a dû se passer. Sa mère a probablement eu peur qu'il ne me demande en mariage – c'était une quelconque famille d'aristocrates, et ils avaient beaucoup d'argent… Mais a-t-on le droit de rejeter quelqu'un de cette manière, comme un vulgaire détritus… Jamais je ne l'oublierai, jamais, jamais… J'avais tellement honte de ce que *Maman* pourrait penser, honte de moi-même… J'étais comme folle… Je n'arrivais plus à manger, j'aurais tout vomi… Le soir – *Maman* était allée au casino – je me suis levée et je suis allée au bord du lac. J'ai ôté mes souliers, mes bas, et… promets-moi, Clarissa de ne le raconter à personne, tu entends, à personne, n'est-ce pas, tu es intelligente et mesurée. Eux ne peuvent pas comprendre. J'ai descendu les premières marches vers l'eau, je voulais me noyer… Je ne pouvais pas supporter de rester seule, là-haut, dans la chambre, et puis il y avait cette peur de rencontrer les autres, de les avoir en face de moi, à table… Je ne supporte pas qu'on me méprise – j'ai besoin que tout le monde m'aime, sinon… sinon j'ai l'impression d'avoir été abandonnée, chassée, persécutée, repoussée… Je sais que c'est idiot, mais je ne peux vivre que si l'on m'aime bien… Naturellement, je n'ai pas eu assez de courage, mais depuis, j'ai cette chose en moi, depuis, chaque fois je m'inquiète, je me demande si les gens ne vont pas eux aussi cesser subitement de m'aimer… Sauf toi, Clarissa. Avec toi, je me sens en sécurité, avec toi seulement. Même avec *Maman* qui… Mais non, je suis peut-être injuste envers elle… Tu n'as pas mauvaise opinion de moi, n'est-ce pas, maintenant que je t'ai raconté tout cela ?

– Mais Marion, comment le pourrais-je ? » répondit Clarissa d'un ton apaisant, sincèrement émue, en passant la main dans les cheveux de celle qu'elle voyait si bouleversée. Ce fut la seule fois que son amie se confia à elle ; le lendemain, elle rit et joua comme d'habitude, et à peine les autres filles furent-elles rentrées bronzées et reposées de leurs vacances qu'elle se précipita vers elles comme une vague s'élance sur la plage. Elle avait préparé une petite surprise pour chacune. Mais était-ce l'effet de ce soupçon que Marion avait formulé contre elle-même ou plutôt d'une observation bien réelle, toujours est-il que Clarissa, intriguée par un regard, eut l'impression que les marques d'affection à l'égard de Marion, chez certaines des jeunes filles, n'étaient effectivement plus les mêmes. On ne se pressait plus autour d'elle comme au printemps, lors de son arrivée, et l'on ne percevait plus grand-chose des anciennes rivalités mêlées de jalousie. Peut-être n'a-t-elle plus rien de nouveau à leur raconter, se dit Clarissa. Et d'abord, leurs rencontres estivales les ont peut-être éloignées de leur penchant pour elle, mais il était impossible de ne pas constater que certaines d'entre elles, à partir de ce jour, se détournèrent de Marion presque avec indifférence et qu'un groupe, mené par l'une des filles, avait pris plus d'influence et s'était finalement imposé, ce qui provoqua chez les pensionnaires un besoin irrépressible de se défendre, et l'on percevait même une sorte d'animosité ou d'antipathie. Marion, pour sa part, ne remarqua rien. Elle passait de l'une à l'autre, avec ses charmantes boucles qui volaient, bavardait avec les unes, félicitait les autres d'avoir grandi, leur demandait avec un intérêt complètement dénué d'envie de lui raconter leurs petites aventures et leurs expériences. Clarissa trouvait déplaisant de la voir courtiser aussi celles chez qui elle avait détecté une réserve presque hostile, et elle se demanda si elle ne devait pas mettre Marion en garde contre cette résistance qu'elle percevait. Mais elle n'en trouva pas le courage.

C'est ainsi que se produisit au cours de français l'incident rien moins que fortuit, préparé dans le plus grand secret et avec une extrême perfidie. La jeune fille assez laide qui, outre un grand nombre de taches de rousseur, semblait avoir rapporté de ses vacances toutes sortes de ragots glanés ici et là, se pencha vers Marion au début de l'heure et lui dit tout bas, d'un air innocent : «Dismoi, il y a un mot que je ne trouve pas dans le dictionnaire, et je n'ose pas le demander à *Sœur* Eve, elle m'envoie toujours promener. Mais toi, elle t'aime bien. Sois gentille, va lui demander à ma place ce que signifie *bâtard, bâtard* avec un accent circonflexe sur le a.» Marion, sans penser à mal et serviable comme toujours, se leva et demanda : «*Mademoiselle*, que signifie le mot *bâtard* en allemand?» Des ricanements réprimés à grand-peine s'élevèrent immédiatement dans certaines rangées. L'enseignante rougit légèrement et sembla contrariée, soit parce qu'elle supposait qu'il s'agissait d'une effronterie de la part de Marion, soit parce qu'elle connaissait sa situation personnelle. «Ce mot vient du Moyen Age, et il ne s'utilise pratiquement plus de nos jours, répondit-elle d'un ton presque brusque. Maintenant, termine ton travail!» On entendit à nouveau quelques toussotements, et c'est alors seulement que Marion sembla se rendre compte pour la première fois de la supercherie. Elle fit un signe désespéré en direction de Clarissa, puis resta penchée sur son livre, en silence, comme au réfectoire. Mais après le cours, elle se précipita vers Clarissa. «Qu'est-ce qu'elles me veulent? Pourquoi cette chipie m'a-t-elle fait poser cette question à sa place?» Clarissa, qui ne comprenait pas elle-même ce qui s'était passé, tenta de l'apaiser en lui conseillant de consulter un livre pour résoudre cette question. Mais Marion avait déjà saisi le dictionnaire sur l'étagère et cherchait le mot. À peine l'eut-elle trouvé qu'elle fut prise d'une crise de sanglots presque insensée. Clarissa lut : « *bâtard*, enfant naturel ». C'est alors seulement, effarée par ce qu'elle venait de lire, qu'elle comprit ce qui s'était produit.

Tout cela dura une seconde. Marion s'enfuit en courant, hors d'elle, et une minute plus tard, alors que Clarissa ne s'était pas encore remise de son émotion, elle entendit des cris effroyables qui venaient du réfectoire. Elle descendit en courant et vit Marion entourée par les bonnes sœurs et les filles qui la retenaient à grand-peine ; telle une folle aveuglée par la colère, elle avait saisi une assiette et l'avait fracassée sur le front de son ennemie, faisant jaillir le sang ; elle s'était même emparée d'un couteau quand on la maîtrisa ; cette créature d'ordinaire si aimable avait l'air d'une aliénée ; tandis qu'elle se défendait, ses traits paraissaient décomposés. On l'emmena de force, on la traîna plus qu'on ne la tira vers l'extérieur et, sous la surveillance d'une bonne sœur, on l'enferma dans sa chambre. L'émotion parmi les jeunes filles était indescriptible ; la mère supérieure, blanche comme un linge, leur ordonna néanmoins d'une voix énergique de s'asseoir à table et annonça que pour les punir de leur attitude irresponsable, aucune d'entre elles n'aurait le droit de dire un mot, à voix haute ou à voix basse, jusqu'au lendemain et que les cours étaient suspendus pour la journée. Dans la salle soudain silencieuse, les jeunes filles restèrent figées telles des ombres effarouchées, n'osant même pas se regarder.

Entre-temps, la mère supérieure tint conseil avec les bonnes sœurs. Le téléphone fonctionna plusieurs fois ; Marion devait rester dans sa chambre, à l'écart des autres et, beaucoup plus tard, Clarissa apprit qu'il avait été décidé de la renvoyer chez sa mère le surlendemain pour calmer les esprits. La nuit suivante, Clarissa partagea avec une autre fille la chambre de Marion. Dans son demi-sommeil, il lui sembla percevoir une ombre furtive qui traversait la pièce et venait lui caresser le visage. Le lendemain matin, Marion avait disparu ; on constata plus tard qu'elle avait franchi le portail du jardin. Clarissa était inquiète ; elle se souvenait de l'épisode du lac et craignait que Marion n'eût attenté à ses jours. En tout cas, elles n'entendirent plus jamais parler d'elle. La police non plus ne savait rien. La coupable ne resta pas longtemps au pensionnat, car les autres filles, ayant pris conscience un peu tard de leur cruauté, refusèrent de lui adresser la parole et de la saluer.

C'était le seul événement de cette période que Clarissa se rappelait. Ensuite, une année passa encore, monotone et vide ; au début de l'été, elle devait quitter définitivement l'école. Mais dès le mois de mai, la mère supérieure la convoqua très gentiment dans son bureau ; une lettre de son père, le lieutenant-colonel, était arrivée ; il souhaitait pour certaines raisons qu'elle quittât l'école sur-le-champ. En même temps, elle reçut un bref télégramme – « T'attends dimanche matin onze heures Spiegelgasse Édouard attendra gare » – qui augmenta encore son étonnement, voire son inquiétude, car elle savait que seul un événement extraordinaire pouvait avoir amené son père, d'ordinaire si attentionné, à lui donner un ordre aussi sec. Pleine d'appréhension, elle prit congé de la maison et par là de l'insouciance de sa prime jeunesse.

Été 1912

Son frère l'attendait à la gare de Vienne. Sans même prendre le temps de l'embrasser, elle lui demanda :

« Qu'est-il arrivé à Papa ? »

Édouard hésita.

« Il ne m'a pas encore parlé ; je crois qu'il attend que tu arrives. Mais en fait, je m'en doute un peu. Je crains qu'il n'ait reçu le papier bleu.

– Le papier bleu ? »

Clarissa regarda son frère avec de grands yeux, sans comprendre.

« Oui, que veux-tu, c'est le terme qu'on emploie, chez nous, quand quelqu'un est mis à la retraite. Cela fait long-temps que ce bruit court. On dit qu'il était gênant pour les gens du ministère ou de l'état-major ; après tout, ce n'était plus un mystère depuis cette diatribe contre son livre parue dans le journal de l'armée et qui a sans aucun doute été inspirée en haut lieu. L'année dernière, déjà, ils voulaient se débarrasser de lui en le nommant Inspecteur général en Bosnie ; mais il a refusé. Ils l'ont donc tout simplement limogé. Chez nous, on n'aime guère les gens qui ne prennent pas de gants pour dire ce qu'ils pensent. Que l'on soit un personnage important ou un homme compétent, ce n'est pas l'essentiel pour eux. Il faut qu'on soit capable de se coucher ou d'intriguer, sinon, on vous fait un croc-en-jambe. »

Sans qu'il le veuille, une expression de dureté appa-rut sur son visage juvénile, d'ordinaire si ouvert et si gai ;

soudain, l'espace d'une seconde, il se mit à ressembler à son père.

«Mais ne perdons pas de temps à bavarder ici. Il nous attend. Cela ne va pas être facile pour lui. Viens!»

Il saisit la valise que sa sœur tenait d'une main tremblante. Tous deux gardèrent le silence en traversant la salle des pas perdus. Elle ne parvenait pas encore à rassembler ses idées. L'image de son père était pour elle tellement liée à celle du pouvoir et d'un uniforme rutilant qu'il était inconcevable que quiconque pût l'en priver; rien ni personne n'avait jamais possédé un éclat comparable à celui qui émanait de sa personne; il avait illuminé son enfance, bien qu'elle ne connût pas son vrai visage. Il avait été sa fierté. Elle ne pouvait concevoir qu'il pût se promener comme n'importe qui d'autre, vêtu d'un costume gris, sans ce halo coloré, cet éclat qui l'entourait, lui que personne n'avait jamais vu sans son col doré. La voiture s'approchait déjà de la Spiegelgasse quand elle demanda à nouveau d'une voix timide :

«Tu es sûr, Édouard?

– Pratiquement sûr», répondit-il en tournant la tête vers la vitre pour cacher son émotion. «Une chose est certaine en tout cas, c'est que nous devons faire tout ce qu'il souhaite ou exige. Il faut éviter de lui rendre les choses encore plus difficiles qu'elles ne le sont.»

Dans le modeste appartement de trois pièces au quatrième étage – Schuhmeister avait toujours vécu dans une simplicité spartiate en dépit de son rang élevé – c'est l'aide de camp qui vint leur ouvrir; lui aussi était visiblement affligé quand il les informa que le lieutenant-colonel les attendait dans son bureau. Lorsqu'ils entrèrent tous deux, leur père se leva, derrière sa table de travail, enleva prestement le pince-nez qu'une presbytie croissante l'obligeait à utiliser depuis quelques années, et se dirigea vers Clarissa. Il l'embrassa comme toujours sur le front. Mais elle eut l'impression que, cette fois, il l'attirait plus tendrement et en même temps plus fermement contre lui, comme s'il voulait s'agripper à elle.

« Est-ce que tu te portes bien ? lui demanda-t-il ensuite d'une voix blanche.

– Oui, Papa », répondit-elle hâtivement, car son souffle ne lui obéissait plus tout à fait quand elle prononça la dernière syllabe.

« Asseyez-vous », dit-il d'un ton autoritaire en désignant les deux fauteuils tandis qu'il retournait à son bureau. Puis, s'adressant à son fils, il ajouta d'une voix plus aimable : « Tu peux fumer une cigarette. Ne te gêne pas. »

Il régnait un silence total. Par la fenêtre ouverte, on entendit sonner onze heures au clocher de l'église Saint-Michel ; ils avaient été tous trois d'une ponctualité proprement militaire.

Le lieutenant-colonel remit son pince-nez et superposa nerveusement quelques feuillets manuscrits qui se trouvaient devant lui. Conscient de son manque d'assurance quand il parlait sans notes, il avait conçu, en vue de l'explication qu'il aurait avec ses enfants, une sorte de mémorandum sur lequel il jetait de temps à autre un coup d'œil pour se donner une contenance quand il avait une hésitation. Il n'avait apparemment appris par cœur que les premières phrases ; de toute évidence, il voulait s'adresser à eux de façon directe, les yeux dans les yeux. Mais il n'y parvint pas ; c'est avec une grande timidité que ses yeux, derrière les verres polis de ses lunettes, affrontaient les regards anxieux de ses enfants ; il les évita bientôt, prenant un air concentré, et se pencha sur son exposé.

Pour se donner du courage, il commença par s'éclaircir la voix.

« Je vous ai convoqués », dit-il tout d'abord, et sa voix ne parvint pas tout à fait à se libérer d'une sécheresse qui menaçait de l'étrangler, « je vous ai convoqués aujourd'hui tous les deux pour vous communiquer quelques informations qui vous concernent tout autant que moi-même. Vous êtes adultes, et je sais que tout ce que j'ai à vous dire restera strictement entre nous. Donc, pour commencer » – il jeta un coup d'œil sur le feuillet, si bien qu'une ombre vint obscurcir son visage – « j'ai donné ma démission de l'Armée impériale. J'ai envoyé aujourd'hui ma demande de mise à la retraite à la chancellerie des Armées. »

Il eut une hésitation, puis poursuivit en lisant ses notes. « Au cours de presque quarante années de service, je me suis toujours efforcé d'être honnête. Je n'ai jamais énoncé de mensonge, ni vers le bas ni vers le haut, ni à l'intention de mes subalternes, ni face à mes supérieurs, même les plus élevés – à plus forte raison face à l'autorité suprême. Il est donc inutile de vous cacher quoi que ce soit à vous qui êtes mes enfants. Je ne suis pas parti », dit-il, et sa voix lui fit défaut l'espace d'un instant, « je ne suis pas parti de mon plein gré. Le grade de général avec lequel on cherche à adoucir mon départ et la décoration que l'on m'attribuera peut-être ne changent rien à l'affaire. Cela ne modifie absolument rien pour moi. On m'a suggéré de prendre ma retraite, on me l'a suggéré d'une façon qui ne laisse subsister aucun doute quant à l'intention que l'on avait de se débarrasser de moi. J'aurais peut-être pu protester et demander une audience auprès de Sa Majesté qui a toujours fait preuve de l'intérêt le plus bienveillant et le plus généreux pour mes travaux. Je ne l'ai pas fait. À cinquante-huit ans, on ne saurait plus ni quémander ni demander l'aumône. Vous comprendrez cela, je suppose. »

Il hésita encore un instant avant de poursuivre sa lecture.

« J'ai servi pendant près de quarante ans comme soldat dans l'Armée impériale. Et je sais donc que le premier devoir du soldat, c'est l'obéissance. Nous devons maintenir la discipline et nous soumettre à tous les ordres, même si nous considérons qu'ils sont erronés ou injustes. Il ne nous revient pas de critiquer, et je ne le ferai donc pas. Mais à vous, mes enfants, je puis dire ce qui est arrivé, afin que vous ne soyez pas déconcertés par mon attitude et que vous ne puissiez pas penser que j'aie jamais manqué à mes devoirs ; il va de soi que ceci doit également rester strictement entre nous. Vous savez que je m'occupais depuis des années presque exclusivement d'estimations concernant les forces armées étrangères, éventuellement ennemies, et leur équipement, et je crois avoir été sûr de mon affaire, si tant est qu'une certitude soit possible en ce domaine. Je n'ai jamais caché à mes supérieurs les résultats de ces estimations et de ces comparaisons, même s'ils les considéraient, hélas, comme superflues et accessoires; contrairement aux autres membres de l'état-major et du ministère de la Guerre, j'ai attiré l'attention en particulier sur la supériorité tactique et matérielle des États des Balkans qui se préparent sans aucun doute à l'heure actuelle à une guerre contre la Turquie, et je n'ai pas non plus caché, par comparaison, la faiblesse de notre propre armement sur certains points : j'ai estimé que la consommation de munitions serait sept fois plus élevée dans la guerre des Balkans, où il faut s'attendre à une longue campagne militaire; année après année, on a enfoui mes rapports sous des piles de dossiers inutiles. J'avais l'habitude qu'on les minimise et qu'on les rejette. Je savais que seule l'initiative est déterminante; pourtant, je m'en suis toujours tenu à l'exactitude de l'information, car jamais je n'ai fait mon devoir dans l'espoir d'une récompense. Au cours des manœuvres de l'été dernier, cependant, j'eus le privilège d'être convié à une conversation relativement longue par Son Altesse impériale, l'héritier du trône, qui souhaitait connaître mon avis sur ces manœuvres, et je m'exprimai aussi librement que la discipline due à mes supérieurs me le permettait. Son Altesse impériale sembla vivement intéressée, et je fus reçu en audience à deux autres reprises au château de Konopischt; le prince héritier me demanda entre autres si mes observations statistiques pouvaient constituer une base pour juger de nos chances dans un conflit international; j'acquiesçai, conformément à mes convictions, car ce n'est pas par jeu que j'ai passé à cette tâche chaque heure de ma vie, durant toutes ces années, mais uniquement dans l'espoir qu'elle serait utile à notre patrie à l'heure du danger. Son Altesse impériale me demanda alors si je pouvais rédiger un tel rapport pour elle personnellement, et je me déclarai volontiers disposé à le faire dans la mesure où Son

Altesse impériale le conserverait par-devers elle et le protégerait de toute indiscrétion, ce dont elle me donna l'assurance. «J'ai travaillé» – et Schuhmeister lut alors son texte d'une voix plus forte, plus véhémente – «j'ai travaillé quatre semaines durant à ce rapport, et de façon aussi honnête que me le permettaient mes estimations et ma conscience. Comme le futur maître de cet Empire auquel notre sort à tous est indissolublement lié semblait y attacher de l'importance, je n'ai pas caché mon inquiétude : il me semblait que dans un conflit international, l'insuffisance de notre artillerie, en particulier, nous exposerait à de très graves dangers, et les délais de mobilisation, par rapport à ceux de l'armée russe, devraient être réduits de moitié. Son Altesse impériale reçut mon rapport en mains propres et m'assura encore une fois qu'il resterait exclusivement en sa possession ; mais au bout de quelques mois, certaines remarques acerbes ainsi que des attaques dirigées contre la publication de mes tableaux statistiques et parues au même moment dans le journal de l'Armée me prouvèrent que mon mémorandum était connu de tous et qu'il avait été rendu public d'une façon sur laquelle il ne me revient pas d'émettre des suppositions ; je me garderai donc de faire la moindre hypothèse sur la manière dont mes adversaires en ont pris connaissance ; et ma mise à la retraite n'est que la réponse exaspérée à laquelle je devais m'attendre. À vous, mes enfants, je déclare à présent que je ne regrette rien de ce que j'ai fait, et j'assume chaque mot que j'ai remis à mon supérieur impérial et qui exprime des réserves conformes à ma conviction. C'était dans l'intérêt de notre monarchie, qui court un danger bien plus grand encore que ne le croit la direction politique et militaire de ce pays. Dieu veuille que j'aie tort ! Dans ce cas, il importera peu de savoir si l'on m'a traité injustement.»

Le lieutenant-colonel s'interrompit, but une gorgée d'eau, écarta un feuillet noirci par son écriture et en saisit un autre. «Voilà pour le premier point. À présent, venons-en à moi. Vous comprendrez, je l'espère, que je doive vous quitter pour un temps indéterminé. Occupé comme je l'étais, je n'ai pas été très présent pour vous, mais je pense que vous me connaissez assez pour pouvoir vous imaginer que je ne vais pas, moi l'officier limogé, le retraité remercié, laisser mes anciens camarades jeter sur moi des regards pleins de compassion. Je n'ai aucune envie de porter des vêtements civils, pas à cinquante-huit ans, pas au café ou chez le coiffeur. Vous ne me verrez donc pas traîner ici en civil; par ailleurs, je ne veux pas non plus que quelqu'un me salue en me gratifiant d'un titre qui ne sera plus le mien. Personne ne doit être contraint de faire cela. Je ne permettrai ni qu'on m'honore, ni qu'on s'apitoie sur mon sort, ni qu'on me pose des questions. J'en suis désolé pour vous, mes enfants, mais je ne saurais faire aucune exception, et pour vous moins encore que pour les autres; vous garderez de moi le souvenir de celui que j'étais; j'ai pris la décision de quitter Vienne aujourd'hui même, sans attendre l'audience d'adieu. Je me rends à Berlin où j'ai décidé, avec l'accord de mon éditeur, de faire publier mes tableaux statistiques et où le travail préparatoire sera même considérablement facilité; la forme de liberté que l'on m'a accordée à mon corps défendant me permettra peut-être même de compléter mes observations par des voyages à l'étranger. Même si l'on me considère comme inutile, une fois que j'aurai quitté l'armée, je ne sacrifierai pas mon travail – ces trente années de labeur – à cause d'un ukase administratif; je resterai au service de notre patrie bien-aimée. Je poursuivrai mon travail, et je le dis très franchement, en prévision de la guerre que je vois venir » – Schuhmeister éleva la voix et martela chacun de ses mots – « cette guerre que je vois venir inexorablement et que je considère comme beaucoup plus dangereuse pour nous que ne le laisse supposer l'optimisme ô combien plus confortable de mes collègues, ce travail consistant à rassembler et à tenir à disposition, avec mes faibles ressources, tout ce qui peut servir à notre armée au moment décisif, qu'ils fassent de nouveau appel à moi ou non, et pour leur montrer ce qu'ils ne voient pas ou refusent de voir à travers leurs lunettes roses, à savoir que nous sommes au bord du gouffre. On m'a complimenté pour mes calculs, c'est pour cette raison que j'ai poursuivi ma tâche. Mais peu importe de savoir si c'était bien, si c'était mal, si j'en serai félicité ou non. Peut-être auront-ils besoin de mes calculs à ce moment-là, et il vaudrait mieux que ce moment n'arrive pas. Il faut faire les choses pour elles-mêmes, et non pour obtenir la gratitude de la maison d'Autriche. J'ai prêté serment. Je le respecterai. »

Il prit un nouveau feuillet. « Venons-en à présent au troisième point : à vous. Votre mère a apporté dans ce mariage la caution d'usage. Depuis le début, j'ai considéré cette somme comme votre seule propriété, et je n'ai pas touché au moindre sou du capital ou des intérêts, si bien qu'aujourd'hui, grâce à des placements sûrs, chacun de vous peut disposer presque du même montant que celui qui m'a été remis jadis. La part qui te revient, Édouard, et la tienne, Clarissa, ont été placées par mes soins à votre nom en valeurs sûres à la Caisse d'épargne, de sorte que vous pourrez en disposer librement le jour de votre majorité sans m'en demander l'autorisation ni m'en informer. Ce patrimoine, loin d'être négligeable, te permettra, Édouard, de choisir un autre métier pour le cas où la carrière militaire ne te conviendrait pas ; mais dans ce domaine, je veux te laisser entièrement libre de ta décision. Le fait que j'aie été soldat corps et âme ne doit pas constituer pour toi une contrainte, et le fait que j'aie été victime d'une injustice au terme d'une carrière de labeur ne doit pas t'effrayer.

L'essentiel, c'est d'aimer ce que l'on fait et de mener sa tâche à bien honnêtement et consciencieusement. À toi, Clarissa, ce capital te servira de dot, mais je souhaite vivement que tu ne restes pas inactive jusqu'à ton mariage. Je te connais, tu sauras bien trouver ce qui te convient. Mon appartement est à votre disposition à tous les deux, le loyer sera payé régulièrement grâce à ma retraite, et vous vous mettrez d'accord entre vous pour décider de la façon dont vous l'utiliserez et le partagerez. Ne vous faites pas de souci pour moi. Ma retraite suffira largement à couvrir mes modestes besoins ; de plus, mes publications m'ont permis de faire des économies substantielles et promettent de m'assurer à l'avenir également des revenus plus élevés qu'il n'est nécessaire. Et si les conseils de votre père vous manquent à l'avenir, vous serez l'un pour l'autre, en tant que frère et sœur, l'ami le plus fiable. N'ayons donc aucune crainte, ne vous faites aucun souci pour moi, et surtout, n'ayez aucun regret ; je ne le supporterais pas. Et… et s'il devait m'arriver quelque chose, exaucez donc ce vœu que j'ai fait figurer hier dans mon testament : pas de funérailles militaires ! Depuis l'instant où j'ai quitté cet uniforme, j'ai cessé d'être soldat. À présent, je servirai mon empereur et ma patrie selon ma propre volonté et mon propre savoir. »

Schuhmeister plia ses feuillets. Les derniers mots, il les avait prononcés d'une voix solennelle et forte, comme lors d'un appel sur le front, d'un ton clair et tranchant, comme le son du clairon. Ensuite, il replaça d'abord le pince-nez dans son étui, puis les feuillets dans le tiroir du bureau. Enfin, il se leva. Son col le serrait. Il le tira une fois encore en arrière. Spontanément, ses deux enfants se levèrent de leur siège. Schuhmeister s'approcha d'eux. Mais à présent qu'il n'avait plus le soutien de ses feuillets et qu'il voulait parler en père à ses enfants, son ancienne timidité s'empara à nouveau de lui. Il tenta de trouver un ton neutre : « Voilà qui serait fait ! Maintenant… maintenant vous savez ce qu'il en est… et… pour le reste, il faudra vous débrouiller tout seuls… Je ne peux rien vous dire ni rien vous conseiller… personne ne sait quelle est la meilleure manière d'agir… et on ne peut donc… on ne peut donc rien dire… pour tout le reste, chacun doit savoir pour lui-même ce qu'il a à faire… ce qu'il a à faire. » Il s'interrompit, sentant que sa détresse lui avait inspiré des propos tout à fait vides de sens, et son regard, au lieu de se diriger vers eux, se tourna vers le sol, comme s'il voulait déchiffrer quelque chose dans les motifs du tapis. Mais soudain, il se ressaisit ;

apparemment, il venait de se souvenir de ce qu'il avait l'intention de leur dire : «Ah oui… je voulais vous dire aussi… en cinquante ans, ce que j'ai fini par apprendre et comprendre, c'est que dans la vie, chacun ne peut faire correctement qu'une chose… une seule, mais il faut la faire jusqu'au bout… Peu importe de quoi il s'agit, personne ne peut se dépasser lui-même, mais seul celui qui construit sa vie sur une seule chose agit correctement. Il suffit que ce soit quelque chose de bien, d'honnête, de propre, qui puisse faire ensuite partie de vous comme votre propre sang… Que les autres la considèrent comme une marotte ou une extravagance, peu importe, pourvu qu'on la considère soi-même comme bonne… Il suffit qu'on puisse servir, servir honnêtement, que l'on en soit remercié et félicité ou non… Il faut savoir ce que l'on veut faire et bien mener cette tâche jusqu'à son terme… Il suffit d'avoir quelque chose en quoi l'on croit… Il faut être solide, et si l'on est frappé par un malheur, si l'on vous chasse comme un chien galeux et si de plus on se moque de vous… il faut serrer les dents et rester solide comme un roc… vous entendez… très solide… très s…»

Il eut honte de s'être laissé dominé par ses sentiments. Il voulut se détourner, chancela, et Clarissa se précipita vers lui; elle avait senti l'amertume percer dans ses dernières paroles, et à présent il se retrouvait dans ses bras, secoué par les sanglots, trop faible pour se défendre. Il avait ravalé trop de rancœurs, recouverts trop d'amertumes d'une chape de silence. Elle le sentait se cramponner à elle, et elle sentait dans son propre corps chacun des soubresauts de sa souffrance la plus intime. Honteux, il se dégagea. «Pardonnez-moi», marmonnat-il en détournant le visage, «mais je n'avais que cette seule possibilité de vous parler, c'était la dernière. Et voilà qu'un vieillard se laisse aller… Bon, maintenant laissez-moi… je saurai bien porter seul ce fardeau… Il vaut mieux que je le porte seul… Ou bien est-ce que l'un de vous a encore une question à me poser?»

Tous deux gardèrent le silence. Puis Édouard s'avança d'un pas. Il était très pâle. Par habitude militaire, il se mit au garde-à-vous, à bonne distance de son supérieur. «Père, dit-il, tu nous as parlé du manuscrit dans lequel tu as résumé le résultat de tes travaux et de tes observations. J'aurais aimé le lire, et je ne voudrais pas qu'il soit perdu. Je sais qu'il est secret. Mais tu peux avoir confiance en nous. Si tu en possèdes une copie...»

Schuhmeister regarda son fils. C'était son premier regard franc ce jour-là. «Je te remercie, dit-il d'une voix sincèrement affectueuse. Tu as raison, c'est votre droit. Je n'y avais même pas pensé. Il faut que quelqu'un sache ce que j'ai voulu quand tout cela moisira dans les archives. Je sais que vous ne le montrerez à personne, et si survient la fin de l'Autriche, alors vous le brûlerez. Si on nous accuse de mensonge, alors vous le déposerez dans une bibliothèque, scellé; tout cela afin qu'une génération future puisse dire un jour de votre père qu'il a bien agi malgré tout.»

Il se dirigea vers le bureau, fouilla dans le tiroir jusqu'à ce qu'il eut trouvé le paquet scellé qui portait la mention «À détruire sans l'ouvrir après ma mort». Il le remit à son fils et, regardant sa montre, eut un geste d'impatience. «Bien, et à présent, plus un mot, plus un seul mot.» Il embrassa son fils et sa fille. Ils obéirent et n'osèrent plus rien dire. Schuhmeister retourna vers le bureau et attendit, se tenant bien droit comme ses enfants; ils sortirent, tête basse, sans se retourner; tous deux sentaient que lorsque la porte se refermerait derrière eux, il allait s'effondrer. L'aide de camp aida Édouard à enfiler sa veste. Ils descendirent l'escalier en silence. Quand ils sortirent par le porche, le clocher de Saint-Michel sonna douze coups durs et métalliques. Ils avaient passé une heure chez leur père, à la minute près. Mais cette heure leur avait appris plus de choses sur lui que tout ce qu'ils avaient vécu jusqu'à cet instant.

1912-1914

Les semaines suivantes apportèrent une certaine tranquillité dans la vie de Clarissa : pour la première fois, elle devait prendre seule une décision. Jusque-là, une volonté étrangère avait toujours déterminé pour elle ses occupations, planifié chaque journée et même chaque heure. À présent, n'obéissant qu'à sa seule volonté, elle devait faire un choix aussi important que celui d'un métier, et l'ampleur de cette responsabilité l'inquiétait d'autant plus qu'elle croyait ne déceler en elle-même aucun penchant ni aucun but clairement défini. Elle aimait beaucoup le piano, jouait correctement et avec grande facilité les morceaux les plus difficiles, mais elle avait cependant conscience de la distance qui la séparait d'un niveau vraiment convenable. Rattraper les années de lycée perdues pour continuer ensuite ses études à l'Université était impensable en raison du temps que cela aurait demandé ; par ailleurs, se contenter de rester oisive chez l'une de ses trois tantes, sans activité précise, allait à l'encontre tant de son propre désir que de celui exprimé par son père. Cependant, le hasard voulut que l'ami juriste de son père – un homme d'un certain âge, célèbre bien au-delà des limites de son univers professionnel par ses activités dans des associations philanthropiques – l'avait priée de venir le voir à cause de certaines formalités nécessaires au placement de son petit capital ; c'est à lui qu'elle exposa en toute franchise ses incertitudes en lui demandant son avis. Le docteur Ebeseder sourit et lui expliqua en s'excusant par avance pourquoi sa demande l'avait mis de si joyeuse humeur. En s'adressant à lui, lui dit-il, elle avait effectivement frappé à la bonne porte, même si, bien sûr, il n'avait pas vraiment de compétence en la matière. Il lui expliqua qu'il était président d'une association qui donnait des conseils professionnels à des personnes sortant de prison, et que Clarissa ne sortait guère que du couvent et n'avait encore été accusée d'aucun délit. Mais ensuite, après lui avoir posé quelques questions, il réfléchit à son cas et lui donna son opinion personnelle. Il lui expliqua que se manifestaient depuis quelques années des tendances tout à fait nouvelles dans le domaine de la pédagogie ; dans tous les pays, surtout grâce à des femmes telles que Ellen Key en Suède et Signora Montessori en Italie, s'exprimaient des exigences nouvelles et tout à fait justifiées en matière d'éducation de la jeunesse, l'éducation devant tenir davantage compte de l'individualité de l'enfant d'une part et d'autre part de son développement physiologique et psychique ; aujourd'hui, les parents raisonnables n'étaient plus d'accord pour confier leurs enfants à des bonnes d'enfant et des éducatrices sans formation et, sauf erreur, il y avait là, lui semblait-il, une grande diversité de débouchés professionnels qui, motivants en soi, pouvaient aussi répondre sur un plan matériel à des exigences relativement élevées et qui offraient la certitude de mener une action fructueuse et humanitaire, ce qui lui semblait un point essentiel. Toutes ces formations avaient été élevées au rang de disciplines scientifiques ; on avait besoin à présent d'assistantes dans le domaine de la diététique, du sport ou de la gymnastique qui prendraient la relève des nourrices stupides. Ces tendances se retrouvaient désormais dans les domaines les plus divers ; on misait sur la spécialisation, en accord avec l'esprit du temps. Il y avait des écoles, poursuivit-il, qui s'occupaient d'enfants nerveux, caractériels ou encore d'enfants attardés. Il y avait des femmes qui se consacraient à l'aide sociale, d'autres à la gymnastique, et la puériculture était devenue une véritable science ; on voyait apparaître des écoles et des théories nouvelles que lui-même n'avait pas eu le loisir de suivre toutes mais, globalement, il avait le sentiment que pour cette génération, une foule de possibilités s'ouvraient aux femmes qui ne voulaient ni se consacrer à un métier stupide ni renoncer à la mission et la vocation naturelles de la femme. Il ne pouvait pas lui proposer quelque chose de précis, mais la voie de la pédagogie psychologique lui convenait, il serait enclin à la lui conseiller. Comme elle n'était pas matériellement dans le besoin – avantage immense et rare – il n'était pas nécessaire qu'elle prît une décision dans l'année qui suivait. Cela lui donnait au contraire la possibilité de participer aux différents enseignements dispensés à l'université, à l'hôpital ou dans les cours du soir, que ce soit dans le domaine de la puériculture ou dans celui de la pédagogie, pour décider ensuite en toute connaissance de cause de l'activité vers laquelle elle se sentait portée – car c'était bien la vocation qui déterminait le métier avec le plus de bonheur.

Clarissa le remercia chaleureusement, et l'année suivante sembla lui prouver que cette gratitude était justifiée. Avec l'opiniâtreté et l'esprit de système qu'elle avait hérités de son père en même temps que la plupart des traits de son caractère, elle organisait minutieusement sa journée et s'initia avec la plus grande énergie aux domaines les plus variés. Elle prit une inscription sans spécialité particulière, suivit un cours de puériculture, assista aux séminaires de l'université de pédagogie, travailla dans les hôpitaux, se rendit à des conférences et se familiarisa avec les méthodes d'éducation les plus diverses. À sept heures du matin, elle quittait la maison de la Spiegelgasse et rentrait le soir juste à temps pour pouvoir faire encore une heure de piano. C'est ce qui fit dire à l'un de ses professeurs, en plaisantant, que pour elle, il faudrait supprimer les horloges. Elle n'avait encore pris aucune décision. Bien des choses l'intéressaient. Mais elle se rendit compte qu'elle n'était pas faite pour l'enseignement. Au couvent, elle n'avait rien appris de la diversité des problèmes. Partout, elle se faisait agréablement remarquer par sa façon discrète d'écouter et par sa compétence; et puis, après toutes ces années passées au couvent, elle s'intéressait à tant de choses... Et régulièrement, elle faisait le point, comme elle l'avait fait pour son père pendant ses années d'école. Avait-elle assez d'endurance pour soigner des malades, des personnes fragiles ou des êtres humains, d'une façon générale? Une seule chose était sûre: elle se sentait plus attirée par les personnes en bonne santé. Être entourée de gens agités et nerveux ne lui convenait pas. Pour elle, ils faisaient partie des malades. Elle devait parvenir à un résultat.

Clarissa se rendit compte que servir les autres était pour elle une joie qui lui donnait un sentiment de plus grande liberté. Elle savait que, si elle se retirait dans sa solitude pour permettre à son véritable désir de se manifester à elle dans toute sa force impatiente, elle saurait finalement choisir son «métier», c'est-à-dire l'essentiel.

La décision vint à sa rencontre – comme d'habitude, de façon inattendue. Parmi les cours qu'elle suivait, il y avait ceux du professeur Silberstein – le neurologue le plus célèbre, lui semblait-il – l'auteur de *L'Enfant nerveux*; on lui avait conseillé ses cours comme étant la partie du programme la plus importante, et elle les suivait avec intérêt. Ils lui paraissaient extraordinaires. Nommé professeur très jeune, Silberstein était à présent âgé de cinquante-cinq ans, et les traits de son visage étaient marqués; on le considérait comme un orateur brillant, même s'il connaissait mal Freud. C'est surtout en littérature qu'il avait une grande culture; Dostoïevski et Poe étaient déterminants à ses yeux, et il établissait des rapports entre les œuvres de ces deux écrivains. Homme de son temps, il avait un visage anguleux qui trahissait ses origines juives, sa silhouette était grêle, voire maigre, et il marchait en se penchant un peu trop en avant. Son nez était trop grand, ses cheveux très noirs lui donnaient une apparence générale austère. En même temps, il avait quelque chose d'ascétique. Il parlait vite, dans une langue fluide, avec un peu trop de gestes. Il fascinait Clarissa, car c'étaient les premières véritables conférences auxquelles elle assistait. Il citait des exemples sans s'aider d'aucune note, ce qui provoquait des objections dans l'auditoire. Mais manifestement, c'était ce qu'il voulait montrer. Comme toujours, les hommes sont surtout fascinés par ce qui est le plus éloigné d'eux. Clarissa aimait discuter, elle était ravie de voir la rapidité avec laquelle elle assimilait tout cela. Elle fit preuve alors d'une étrange vivacité d'esprit, elle qui n'avait en fait connu jusque-là que des gens intellectuellement apathiques ; c'est ce jour-là qu'elle commença à s'intéresser aux maladies.

Clarissa suivit les cours du professeur Silberstein pendant trois mois ; elle était assise dans l'une des premières rangées et prenait des notes en sténographie. Cette manière de procéder était importante pour elle, car elle lui permettait de mieux se souvenir de ce qu'elle avait entendu. Elle avait hérité de son père cette confiance exclusive en l'écrit. Elle était quelqu'un qui travaillait lentement. Une fois rentrée à la maison, elle transcrivait ses notes. À cette fin, elle s'était acheté un cahier spécial. Un jour, en terminant son cours, le professeur se tourna vers elle depuis sa chaire et lui dit : «Si vous aviez un instant…» Clarissa fut quelque peu troublée par l'honneur d'avoir été distinguée. Le professeur Silberstein poursuivit : «Pardonnez-moi, mademoiselle, je ne voudrais pas vous mettre en retard, mais j'ai remarqué que vous êtes une bonne auditrice et que vous prenez des notes en sténographie. J'espère que vous me pardonnerez de vous demander si vous prenez tout en notes ou simplement ce qui vous semble essentiel.» Clarissa rougit. Inquiète à l'idée d'avoir peut-être commis un impair, elle répondit qu'elle se contentait de noter les passages essentiels. À la maison, elle mettait en forme dans un cahier les notes qu'elle avait prises. «Excellent, dit le professeur. C'est parfait. Écoutez, mademoiselle, vous pourriez me rendre un grand service. Je n'ai préparé que quelques notes pour ce cycle de conférences, et un hasard malheureux a voulu que quelqu'un les jette en faisant du rangement. Maintenant, j'en aurais besoin pour une revue américaine, mais je ne parviens pas à reconstituer l'ensemble. Quand j'ai remarqué aujourd'hui que vous preniez des notes en sténographie, il m'a semblé que c'était une chance. Accepteriez-vous de mettre vos notes à ma disposition ? » Clarissa acquiesça. Elle avait terminé les sept premières conférences ; il lui restait encore à retranscrire celle-ci. Ils convinrent donc qu'elle les lui adresserait à l'université. Elle aurait terminé le lendemain ; dans la nuit, elle ajouta ce qu'elle venait de noter. Le lendemain, elle reçut un télégramme, le professeur Silberstein la remerciait et la priait de lui rendre visite le jeudi suivant. En fait, c'était le premier télégramme que Clarissa recevait depuis celui qui lui avait fait quitter le couvent.

Le professeur Silberstein la reçut dans son cabinet : à peine entrée dans l'antichambre, Clarissa avait remarqué le caractère particulier de cette maison, mais surtout le goût avec lequel elle était décorée ; il y avait là des tableaux tels qu'elle n'en avait encore jamais vu, des peintures étranges. Plus tard, elle apprit qu'il s'agissait de reproductions des œuvres de Jérôme Bosch et de Callot. Quelques caricatures de Mesmer soulignaient tous les travers des médecins, et elles lui semblèrent choisies avec une ironie féroce. Le professeur Silberstein faisait les cent pas dans la pièce. « Avant tout, je ne sais comment vous remercier, car vous m'avez tiré d'un mauvais pas. J'ai pu envoyer le manuscrit dès hier. Mais il y a autre chose : vous m'avez étonné. Cette synthèse que vous avez faite exprime certains points plus clairement que je ne les ai exposés. Le tout est devenu plus concis. Il n'est pas rare que je me laisse aller à des digressions, et j'ai souvent le sentiment de ne pas être assez précis. Je ne pouvais pas rêver d'un meilleur condensé. Vous m'avez montré comment un esprit clair reçoit ce que je dis. C'est important. » Il s'assit. « Et à présent, permettez-moi de vous poser une question que vous trouverez peut-être indiscrète. Avez-vous un emploi ou des études en cours ? » Clarissa lui expliqua calmement sa situation. « En fait, ce n'est pas par hasard que je vous demande cela. Ces dernières années, j'ai pris un peu de retard dans mes activités. Ma mémoire n'a pas décliné, du moins je l'espère, mais le travail s'accumule. J'ai négligé beaucoup de choses, et je n'ai plus assez de temps pour rédiger clairement mes rapports sur mes patients. Voilà longtemps que je songe à trouver une aide, à former un assistant ; j'ai déjà essayé par deux fois, mais peut-être étais-je trop impatient à cette époque. Quand j'ai reçu votre synthèse, avant-hier, j'ai été vraiment frappé – car c'était exactement ce que je voulais : ma prolixité était ramenée à l'essentiel, on y trouvait rapidement mes explications. Et alors, j'ai pensé à vous – je souhaitais vous voir, et dans mon impatience, je vous ai envoyé un télégramme, car quand quelque chose s'empare de moi, plus rien ne peut m'arrêter, je ne pense plus qu'à cela. Il me semblait que vous seriez peut-être intéressée. Certains aspects de mes travaux sont passionnants, d'autres sont secs et ennuyeux… Et une cartothèque n'est pas du goût de tout le monde… Mais pourquoi souriez-vous ? »

En entendant le terme de cartothèque, Clarissa n'avait pu s'empêcher de penser à son père, à son plaisir de collectionneur. Un jour, il l'avait emmenée dans son bureau secret et le lui avait montré. En entrant dans le temple de son travail, son visage était devenu plus dur, plus sévère. Clarissa s'expliqua : « Vous m'avez dit que ce n'était pas du goût de tout le monde… En fait, je le sais… par un pur hasard. Mais je dois vous avouer que rien ne me ferait plus plaisir. Peut-être même est-ce là le type de travail auquel je suis la plus apte… en raison de circonstances particulières. »

Ils se mirent d'accord rapidement. Clarissa travaillerait chez le professeur trois à quatre heures par jour en tant qu'assistante, archiviste et secrétaire contre un salaire plus que suffisant. Elle devait noter sous la dictée des descriptions de maladies, en faire la synthèse et les classer. Mais le savant s'habitua si vite à son aide que son travail occupa bientôt des après-midi entiers et même des soirées ; à vingt ans, elle avait trouvé par hasard un métier qui non seulement assurait largement ses besoins, mais l'intéressait au plus haut point. Ce qu'elle admirait le plus chez Silberstein, c'était, hormis l'impressionnante agilité et la rapidité de son intellect, le zèle infatigable qu'il déployait dans son travail, de même que son art de mettre à profit chaque minute de son temps ; jamais, cette année-là ou au cours de celles qui suivirent, elle ne le vit inactif. Le matin, jusqu'à neuf heures, il restait invisible et inaccessible pour tout le monde, même pour sa famille : il se levait à sept heures moins le quart précises et, enfermé dans son bureau, travaillait à ses recherches théoriques, en particulier celles qu'il considérait comme l'œuvre de sa vie, *Les Névroses des peuples*, où il tentait de prouver à l'aide d'une grande rétrospective historique étayée par une imposante documentation que les peuples, comme les êtres humains, passent par des phases de dépression et d'irritation inexplicables ; le chapitre consacré à la Grèce, le seul qui fût achevé, constituait l'exorde et apportait sur les dispositions mentales de cette nation une vision aussi novatrice que celle élaborée par Nietzsche à partir de la littérature. Le reste de la matinée était consacré à l'université, l'après-midi à son cabinet, et la soirée à la correspondance et aux études, quand il n'avait pas d'obligations mondaines ; mais même entre ces différentes phases – dans la voiture ou dans le tramway –, il avait toujours un livre en main, et le repos, pour lui, consistait simplement à passer d'un sujet à un autre. Il ne fallut guère de temps à Clarissa pour le juger, et il ne lui avait pas échappé que malgré tout le respect que ses collègues comme ses patients avaient pour ses travaux, il n'était pas très aimé ; il traitait ses malades avec une certaine brusquerie et conformément à une méthode tout à fait délibérée, il aimait minimiser leurs souffrances et leurs plaintes et les dédramatiser grâce à des bons mots qui n'étaient pas toujours du meilleur goût ; Clarissa, à qui ses rapports plus étroits avec lui permettaient de mieux l'observer, ne tarda pas à se rendre compte que cette rudesse et cette ironie étaient une sorte de mesure d'autoprotection destinée à le préserver de sa trop grande sensibilité. Comme il était au fond très généreux et prêt à aider les autres jusqu'à se sacrifier lui-même, il avait honte d'admettre la compassion qu'il éprouvait pour les autres en tant qu'être humain. Il n'était pas rare de le voir se donner beaucoup de mal avec certains patients, ce qui le conduisit un jour, pour élucider un cas de cleptomanie, à se rendre dans les commissariats de police ; en revanche, il se montra intraitable vis-à-vis de la femme concernée et la traita de « voleuse ». « Le jour où un patient ayant une tendance névrotique se rend compte qu'on le prend au sérieux », expliqua-t-il un jour à Clarissa, « on est perdu. » En tant que médecin, il trouvait très déplaisant d'être impliqué personnellement, et cette pudeur était chez lui à l'origine des singularités les plus étranges. Ainsi, il adressait systématiquement la parole à Clarissa en utilisant des surnoms. « Eh bien, ma Mémoire », lui disait-il par exemple, ou bien il l'appelait la « Maîtresse des secrets », et quand il lui dictait des descriptions de cas, qui évoquaient bien souvent des aspects assez intimes, il le faisait toujours depuis son bureau, la pièce étant plongée dans la pénombre, si bien que son visage, caché par la lampe, restait dans l'ombre. Clarissa y voyait une sorte de respect que personne avant lui ne lui avait témoigné. Par ailleurs, même s'il le disait toujours sur le ton de la plaisanterie, il ne dissimulait nullement sa gratitude ni le fait qu'elle lui était devenue indispensable pour ses travaux ; à l'occasion, il lui demandait conseil et lui dictait un extrait de ce qu'il appelait « notre œuvre ». Il l'introduisit dans sa famille – il avait un fils de quinze ans – et discutait avec elle de ses réflexions tant médicales que privées ; il lui faisait des cadeaux qu'il lui demandait d'aller choisir elle-même en compagnie de son épouse. Souvent, elle avait l'impression qu'elle était la seule et peut-être la première personne à qui il se confiait, et cela signifiait pour lui une sorte de soulagement, lui qui était oppressé par le destin et les secrets des autres. Cette atmosphère de confiance lui faisait grand bien ; pourtant, tout cela lui semblait aussi assez extravagant. Mais, après tout, elle n'avait pas l'intention de se marier avec lui. Elle savait qu'en se mettant à son service, elle servait une bonne cause ; et il lui arriva souvent, par la suite, de se souvenir de ces années comme de la période la plus insouciante et la plus libre de sa vie.

*

Parmi les nombreuses conversations qu'elle avait eues avec lui, il en était une qui lui était restée particulièrement en mémoire, non seulement parce qu'elle lui permit de comprendre certaines choses, mais aussi – et ce fut la seule fois au cours de toute cette période – parce qu'elle concernait sa propre personne. Cet après-midi-là, le professeur Silberstein l'avait priée de se rendre à la bibliothèque afin d'y faire quelques copies d'œuvres historiques. Quand elle revint, vers six heures, il la traita pour la première fois de façon assez brusque. «Je ne peux pas me permettre de perdre mon temps. Où avez-vous mis le dossier X? Je l'ai cherché partout pendant une demi-heure.» Elle le lui montra d'un geste de la main. «Comment voulez-vous que je le trouve?» lui lança-t-il d'un ton peu amène en ajoutant qu'il n'allait tout de même pas le chercher à la lettre «L». «J'ai établi le répertoire des noms de telle façon que chaque lettre corresponde toujours à un chiffre de l'alphabet, dit-elle. Le répertoire est là, à côté.» Il l'écarta d'un geste brusque. «Et vous voudriez que j'aille fouiller là-dedans à chaque fois? Ce que vous faites là n'a aucun sens, comment pouvez-vous…»

Il s'interrompit soudain, la regarda et se mit à rire. «Excusez mon manque de courtoisie. C'est vous qui avez raison, bien sûr, et moi qui suis dans mon tort. J'étais seulement un peu irrité. La comtesse X s'est décommandée aujourd'hui à la dernière minute, et le patient suivant n'est pas arrivé à l'heure dite. J'ai perdu tout mon après-midi.» Et il déchargea ses nerfs en frappant de ses poings contre l'armoire qui contenait les archives. Finalement, ravi de s'être surpris lui-même en train d'exploser, il lui dit: «Voilà, maintenant, vous voyez pour une fois un médecin *in nuce* – et il perd son sang-froid parce qu'il a deux patients qui lui volent son temps. S'il n'a pas des fous sous la main, il devient fou lui-même.»

Clarissa crut devoir protester.

« Ce n'est pas étonnant, vous êtes surmené, ou plutôt non, au fond, vous n'en faites pas assez, car vous n'avez même pas été capable de percer à jour le secret de mes archives. »

Mais il poursuivait déjà son idée :

« Bien, pour que ce temps ne soit pas complètement perdu, on pourrait peut-être vérifier si vous avez vous-même acquis un regard diagnostique. Donc, avant tout, dites-moi, ma Conscience, si vous avez déjà remarqué que j'ai de fortes dispositions névrotiques ?… »

Clarissa ne perdit pas patience, même si, vu de l'extérieur, il lui apparaissait effectivement comme un cas.

« Au contraire. En fait, j'étais surprise que vous ne soyez pas devenu névrosé et que l'on puisse être surmené comme vous l'êtes tout en préservant ses nerfs. »

Le docteur Silberstein la regarda d'un air grave. « Vous n'avez pas appris grand-chose chez moi. En fait, je suis la nervosité faite homme. Je tiens cela de mes ascendances juives. Dans mon enfance, déjà, cela s'était développé jusqu'à la morbidité. J'étais incapable de tenir en place, de rester assis un instant. Je n'ai pas changé. À l'instant où je me retrouve seul avec moi-même, je deviens nerveux, agité, un fardeau pèse alors sur moi qui me fait sortir de mes gonds, au grand désespoir de ma femme qui prend prétexte de cela pour m'obliger à faire une cure d'été. Les vacances sont pour moi un peu comme un épouvantail : il faut renoncer à l'université, les patients doivent d'abord se mettre au frais. Je… Mon seul secret, c'est de masquer mon agitation par le surmenage. Plus je travaille et mieux j'y parviens. Il faut que je m'occupe. Mon agitation ne cesse que lorsque je suis occupé. Alors, je n'ai plus peur. Car la peur de la solitude est plus nocive que le poison. Mieux vaut travailler que de vivre cela. Quand je sais que l'agitation me guette, je me mets à courir pour qu'elle ne puisse m'attraper ; tel est le secret ultime de ce labeur acharné qui fait l'admiration de tous mes collègues.

« Mais je suis sûr en tout cas que vous aurez remarqué une chose : pour la thérapie, j'en ai fait une sorte de méthode. Occuper l'homme, trouver pour chacun quelque chose qui puisse l'absorber, c'est lui apporter une aide. Voilà précisément ce qui me sépare de Freud. Je sais qu'il ne m'aime pas, et il a probablement raison. Moi, en revanche, je lui porte une sorte d'amour malheureux : j'admire son génie intellectuel, son courage, son honnêteté en tant qu'homme, et j'ai honte d'être plus apprécié des "officiels" que lui. Mais à juste titre, me semble-t-il : nous avons des divergences sur des points essentiels. Dans le monde entier, on nous distingue, même si, sur un plan strictement géographique, il n'habite qu'à sept rues d'ici. Il croit que l'on peut guérir l'homme quand on connaît l'origine de la maladie qui l'affecte et si on lui fait comprendre en quoi consiste sa bizarrerie et d'où elle vient. Freud veut faire découvrir aux hommes la cause de leur déséquilibre psychique, et moi, je veux la leur faire oublier. Je crois qu'il vaut mieux leur en inculquer une autre qui soit inoffensive. Je ne crois pas que la vérité puisse les aider. Au contraire, il faut leur donner une illusion, quelque chose dont ils ne pourront plus démordre, pour éviter qu'ils ne dévorent leur propre foie. Vous avez bien vu, j'ai réussi à convaincre la Kohlmann de prendre des cours de chant ; maintenant, elle travaille sa voix toute la journée, fait la tournée des agents et rêve d'affiches collées à tous les coins de rue. Je sais, bien sûr, qu'elle ne sera jamais une grande cantatrice, mais je l'aide en lui permettant de penser à autre chose – car moi, je n'ai qu'un seul but : aider. Je ne crois pas à la guérison. Chaque être humain a ses lubies congénitales, ou du moins, il a des dispositions pour de telles lubies ; son besoin de se faire valoir veut s'exprimer quelque part, mais cette pulsion – la plus idiote qui soit –, ce plaisir consistant à se projeter soi-même dans le vide, on ne peut ni le supprimer ni le détourner. Chaque homme, même l'intellectuel, et peut-être surtout lui, a dans le cerveau une zone d'ombre où la lumière de sa raison ne peut accéder – Napoléon avait son obsession de la famille, Dostoïevski sa passion du jeu, Balzac voulait être dramaturge et homme d'affaires. Le savoir ne sert à rien. Je n'ai encore

53

jamais trouvé quelqu'un qu'on aurait pu aider en allant contre sa propre folie, moi y compris.»

Clarissa avait dû faire un mouvement involontaire, car le docteur Silberstein lui lança un regard pénétrant. «Absolument. Moi y compris. Bien, faisons un test. N'avez-vous pas remarqué chez moi un défaut évident? Une chose qui ne me ressemble pas, qui vous paraît absurde, idiote, sotte, stupide?»

Clarissa était embarrassée.

«Bon, le silence peut lui aussi être un mensonge. Bien sûr, vous n'osez pas, par respect, remarquer ce genre de choses. Mais pourquoi ai-je écrit hier cette lettre enthousiaste au professeur Jaquinot? Vous savez pourtant que je n'aime pas son livre. Réponse : parce que je veux rester en bons termes avec l'Académie des Sciences pour y être invité! Pourquoi vais-je participer à des congrès qui ne m'intéressent pas? Pourquoi irai-je ce soir à une réception donnée par le ministre de l'Éducation? Je sais que c'est du temps perdu. Je resterai planté là et je m'ennuierai à mourir! C'est la chose la plus stupide qui soit! D'un point de vue scientifique, les journaux quotidiens ont plus de valeur. Eh bien? Pourquoi? Parce que je suis obsédé par l'idée que l'on m'oublierait sur-le-champ si mon nom n'apparaissait pas pendant plus d'une semaine dans les journaux. Parce que je crois que je suis fichu, alors que dix pages de travail sont plus importantes que mille heures sacrifiées à ces obligations mondaines stériles. Ce désir constant de faire *acte de présence* * est une illusion, une stupidité, un non-sens, indigne d'un homme sérieux; je le sais avant de le faire et pendant que je le fais, et encore davantage après. Mais je le fais tout de même. Quand je me retrouve dans ces situations, je me dis : "Que fais-tu ici?" J'analyse l'image que j'ai de moi-même, plus encore, je la décortique. Je n'ai plus confiance en moi, si bien que je ne parviens plus à croire en moi-même. J'ai honte, je me méprise, je m'apporte à moi-même la preuve de cette absurdité, avec la même logique et la même cohérence qu'en ce moment

* En Français dans le texte. (*N.d.T.*)

54

devant vous. Mais moi, professeur de psychologie, moi, psychiatre et psychologue diplômé, de jour en jour, de semaine en semaine je suis la victime consciente de cette partie obscure de mon cerveau. C'est comme si je voulais m'accuser moi-même devant quelqu'un. Mais je suis heureux de m'être libéré de ce poids en vous parlant. Peut-être ne l'aurais-je jamais exprimé. Voilà, maintenant, vous savez tout, et vous aurez le droit, désormais, de sourire discrètement quand vous verrez que j'enfile mon frac et que j'y épingle tous ces hochets à mon revers, toutes ces médailles ; vous pourrez alors constater pour vous-même – car je sais bien combien c'est regrettable – que la folie, l'extravagance de cet homme, d'ordinaire parfaitement normal, s'est à nouveau déclenchée. Vous voyez donc – c'est presque un fait avéré – que le savoir ne saurait constituer une aide comme le pense mon illustre collègue ; il ne rend même pas très heureux – je pense même au contraire que ceux qui ne connaissent pas leur point faible s'en trouvent beaucoup mieux ! Il est préférable de ne jamais connaître votre point faible. C'est clair ? »

Il était à nouveau jovial et tapait joyeusement avec son crayon sur le bureau. Il lui sembla qu'elle ne l'avait jamais vu aussi heureux ; d'ordinaire, il avait toujours l'air amer, il y avait toujours chez lui une sorte d'agitation, de frénésie permanente. Clarissa se mit à rire elle aussi, amusée, et elle fut tentée de jouer le jeu.

« Et votre diagnostic sur mon propre cas, lui demanda-t-elle. Je suis presque curieuse d'en savoir plus. Je devrais avoir honte si je ne vous posais pas la question. »

Dans l'instant, le docteur Silberstein prit un air grave.

« Pour moi, vous êtes un cas étrange. Ne croyez pas que je n'y aie pas réfléchi. Mais c'est plus difficile que de me comprendre moi-même. L'observation devient une affaire fonctionnelle. Avec le temps, on la maîtrise à la perfection. Mais je crois que vous n'êtes pas encore arrivée à un stade que l'on puisse observer. Vous faites tout pour masquer votre univers intérieur et pour passer inaperçue ; cela s'exprime également dans votre écriture. Mais votre ambition se cantonne en deçà de certaines limites – même quand il s'agit des limites des autres. Et si vous voulez, je considère cela avec un peu d'envie. En outre, vous faites tout si calmement, d'une façon si assurée. Ce que l'on vous accorde vous occupe ; ce que l'on vous refuse ne vous préoccupe pas. Comment parvenez-vous à donner l'impression d'une stabilité intérieure si grande que je me demande souvent ce qui vous apporte pareil équilibre ? Vous êtes capable de rester assise sans bouger. C'est votre passivité ; même dans vos activités il y a une sorte de passivité. Ce que vous voulez vraiment ne s'est pas encore développé, peut-être ne le savez-vous pas encore vous-même. Oui, vous êtes exceptionnelle parce que la règle générale ne peut pas s'appliquer à vous, ou pas encore. Je n'ai même pas trouvé chez vous ne serait-ce qu'une amorce, pas la moindre aspérité que je pourrais vouloir extirper. La seule chose que j'ai remarquée, c'est simplement cette attitude passive. Et pourtant, vous éprouvez vous aussi le besoin de vous faire valoir. Vous allez à merveille jusqu'au bout de vos aptitudes, simplement, vous n'arrivez jamais à les dépasser. Vous avez vraiment une attitude passive. Vous n'exigez jamais rien. Il y a là quelque chose qui fait de vous une personne merveilleuse. Je serais presque tenté de dire : "On sent à peine votre présence." Mais par ailleurs, on ne sent pas non plus qui vous êtes. Peut-être ne le sentez-vous pas assez vous-même. Je crois… Je crois que vous n'avez pas encore trouvé ce qui vous convient. Mais» – il adopta subitement un ton plaisant, car il avait remarqué que sa mine s'assombrissait –, «vous avez raison. La preuve du contraire est d'une nature particulière. Pourtant, je ne renonce pas. Vous n'y échapperez pas, n'échapperez pas à vous-même. Chacun trouve un jour ou l'autre sa propre folie. Soyez patiente. Vous finirez bien par suivre mes traces, vous aussi. En tout cas, prévoyante comme vous l'êtes, vous pouvez dès à présent remplir une fiche à votre nom dans la cartothèque, même si elle reste vierge. Le Bon Dieu a déjà affûté son crayon. Bien, à présent il faut que j'enfile mon frac pour le raout du ministre.»

*

De cette conversation tout à fait fortuite, Clarissa n'avait retenu qu'une seule phrase qui la préoccupait et l'inquiétait même un peu. En disant «On sent à peine votre présence, et vous-même ne la sentez peut-être pas assez», l'observateur chevronné avait exprimé quelque chose qu'elle avait ressenti elle-même confusément toutes ces dernières années. Dans les hôpitaux, pendant les cours, à l'université, elle avait travaillé avec d'autres personnes, avec les jeunes gens les plus divers – étudiants ou médecins; elle leur avait parlé mais n'avait jamais remarqué à quel moment une relation personnelle était sur le point de naître; elle était frappée de ce que certains ne la reconnaissaient même pas dans la rue. Tandis que les autres se tutoyaient souvent après une soirée passée ensemble et nouaient même, comme elle l'avait remarqué malgré son peu de curiosité, des liens plus intimes, elle s'était résignée – persuadée d'être inintéressante. Ainsi, elle restait presque toujours silencieuse. Elle ne trouvait pas aussi rapidement le mot adéquat, même si elle le connaissait mieux que les autres, et préférait se taire, par modestie. À l'école, les choses étaient différentes; ses amies s'adressaient à elle pour lui demander conseil, quand elles en éprouvaient le besoin, surtout quand elles étaient malheureuses, mais jamais (sauf une fois avec Marion) elle n'accepta une relation plus intime parce qu'il ne lui était pas donné de sortir d'elle-même. (Elle entendait ses camarades raconter leurs aventures, remarquait la façon dont on leur adressait la parole, elle les voyait écrire des lettres et voyait arriver des billets.) «On sent à peine votre présence»: on n'aurait pu mieux dire. Où qu'elle se trouvât, elle n'était qu'une personne de plus qui ne dérangeait pas les autres, mais qui ne les attirait pas non plus. En fait, les conversations l'ignoraient, si bien qu'à l'âge de vingt ans, il n'y avait guère que son père qui pouvait souffrir de l'absence de sa fille et à présent le professeur qui pouvait déplorer celle de sa secrétaire si fiable.

Elle savait bien qu'on ne sentait pas sa présence, et elle ne le regrettait guère; elle avait besoin de mener une vie retirée, et cela lui venait de son père ; mais cette autre remarque la touchait : « Peut-être ne sentez-vous pas assez vous-même votre présence. » Au cours des dernières années, ses anciennes camarades de classe avaient laissé voir beaucoup de choses. Depuis cette époque, Clarissa avait elle aussi fait des découvertes ; elle fut tout d'abord effrayée, puis étonnée, et finalement effarée de constater déjà chez ces êtres qui étaient encore à moitié des enfants à quel point les femmes étaient dépendantes de l'amour et souvent aussi des assauts du sexe – à tel point qu'une gamine de onze ans avait un jour sauté par la fenêtre. Quand elle était puéricultrice, elle avait fait la connaissance d'une mère malheureuse qui ne connaissait pas le père de son enfant : elle ne l'avait rencontré qu'une seule fois, s'était offerte à lui le soir même sans vraiment regarder son visage ; n'importe qui d'autre aurait pensé avoir toutes les raisons de s'enfuir à toutes jambes. Dans les hôpitaux, elle voyait les maladies, mais elle remarquait aussi le comportement familier et aguicheur des infirmières à l'égard des médecins, et finalement, c'est chez le neurologue qu'elle eut la révélation la plus bouleversante. Il y avait là des femmes qui avaient été séduites par un acteur ; la police était contrainte de les éloigner de son domicile ; d'autres se consumaient de jalousie, et il y en avait une que le désir d'avoir un enfant avait rendue folle et qui se donnait à tous les hommes qu'elle rencontrait. Ce poignard brûlant qui se retournait dans les entrailles des autres ne l'avait même pas effleurée de sa lame glaciale. Ni à l'école ni à l'extérieur elle n'avait apprécié ces marques de tendresse débridées, elle se sentait même gênée quand l'une de ses camarades la couvrait de baisers, et jamais elle n'avait découvert son corps devant un étranger. Les étudiants qui la remarquaient trouvaient certes qu'elle était agréable à regarder et intelligente, mais cela ne provoquait chez eux aucun désir ; une seule fois, elle s'était retrouvée à une soirée ; après son service, elle s'était rendue dans une taverne avec son frère et quelques charmants officiers ; on but du vin ; les voix claires et la musique lui plurent, et pour une fois, elle ressentit au fond d'elle-même la volonté d'être gaie et de ne pas se faire remarquer en restant sur la réserve. Elle ne repoussa pas l'officier qui s'appuya contre elle, mais quand il se mit à lui adresser des compliments, ses mots lui firent l'effet d'une banalité et d'une hypocrisie. Encore un verre de vin, et encore un, ils riaient sans écouter, faisaient semblant d'être joyeux pour briser la glace. Tout ce qui allait suivre n'était pour elle qu'un cérémonial convenu : à présent, il va passer son bras sous le mien ; ensuite, il va baisser la voix, m'embrasser ; je vais me serrer contre lui comme un chaton. Tous deux se taisaient, mais rien ne se produisit ; finalement, elle se dégagea. La situation lui semblait ridicule. Ces yeux brillants que les gens avaient tout à coup ! Ce manque de tact dans certaines situations ! On jouait sans cesse au chat et à la souris pour finalement se laisser attraper tout de même, car ce n'était en fait qu'une défense hypocrite, simulée. Toutefois, Clarissa s'en voulait malgré tout, d'une certaine façon, de rester aussi intraitable. Il lui était impossible de briser cette rigidité, cette réserve, et pourtant : au cours de certaines de ses nuits blanches, elle sentait qu'elle était femme ; elle se voyait, à l'institut de puériculture, tenir une main dont les petits doigts ne voulaient pas la lâcher, et une douleur discrète naissait alors près de ses seins. Elle n'avait désiré personne pendant vingt ans, elle n'avait désiré personne et n'avait jamais été amoureuse, ne serait-ce que de façon fugitive. Elle attendait une réponse en elle-même. Mais elle ne se la donnait pas. Elle n'avait jamais objectivé tout cela.

L'entretien qu'elle avait eu avec le professeur Silberstein ne resta pas sans effet sur elle. En chemin, elle tenta même de regarder des officiers. Elle s'efforça de se montrer gaie avec une évidence qui trahissait sa candeur. Pourtant, quand elle rentra chez elle, elle ne vit plus sa propre personne et son comportement comme avant, mais éprouva un léger sentiment de honte : autrefois, on la félicitait pour sa fiabilité, à présent, cela l'irritait. Elle était contrariée.

*

Le mois de mai arriva, puis le mois de juin 1914. Les jours passaient, uniformes et paisibles. Un après-midi, quand Clarissa arriva à son travail, elle remarqua immédiatement à la façon dont le professeur l'attendait qu'il avait une nouvelle à lui communiquer. Elle pensa : cela n'annonce rien de bien positif.

« Il faut que je change mes projets pour l'été. Je me suis intéressé à un congrès de pédagogie à Lucerne, "L'Éducation nouvelle". Un groupe de jeunes va s'y retrouver, ce qui signifie que leurs idées seront neuves et intéressantes. Il faut savoir ce que veut cette jeunesse ; ils flairent mieux l'air du temps. C'est regrettable, mais nous devons annuler ce voyage. Je viens de recevoir une invitation pour les cours d'été d'Edimbourg, et c'est plus important. Quel dommage, car si un professeur veut avoir une dimension internationale, il doit prendre des contacts. J'aimerais bien participer à ce congrès, mais on ne peut être à deux endroits à la fois ! Ou plutôt si, on le peut quand on a la chance de posséder un double *factotum*.

– J'aimerais savoir ce que vous attendez de moi.

– Je vais vous le dire en deux mots. Ne vous effrayez pas, je voudrais disposer de votre temps. Ce congrès de Lucerne m'intéresse ; des Français en sont à l'origine – un groupe de professeurs progressistes. Le congrès a été organisé en Suisse parce qu'on veut par la même occasion visiter les différentes écoles de Pestalozzi ; des délégations viendront des pays les plus divers. La psychologie de l'enfant est mon violon d'Ingres, et des experts suédois et italiens ont annoncé leur participation. Alors j'ai pensé que de toute façon, vous aviez besoin de changer d'air. Vous n'avez jamais quitté l'Autriche. Pourtant, on devient plus libre, on pense plus librement quand on est loin de son pays ; on se décontracte. Je sais à quel point vous maîtrisez l'art de la synthèse, et personne ne sait aussi bien que vous ce dont j'ai tout particulièrement besoin et ce qui m'intéresse. Inscrivez-vous comme participante à ce congrès. Vous irez, n'est-ce pas ? À mes frais, bien entendu. Personne n'a besoin de savoir que vous y allez à ma place. Et si je puis me permettre de vous donner un conseil, faites quelques visites – peut-être pourrez-vous même descendre à l'école Montessori et visiter quelques établissements du modèle suisse sur les bords du lac de Constance ; je vous donnerai des recommandations. Cela nous fera du bien à tous les deux de ne pas nous soucier pour une fois de diagnostics et de nous préoccuper un peu de notre santé. D'accord ? »

Évidemment, Clarissa accepta. Fin juin, elle partit pour Lucerne.

Juin 1914

Avant de poursuivre son voyage jusqu'à Lucerne, Clarissa passa une journée à Zurich. Pendant les premières heures, elle avait ressenti un certain malaise. Pour la première fois de sa vie, elle était autonome. C'était son premier voyage et la première fois qu'elle allait dormir dans un lit qu'elle ne connaissait pas, et cette sensation était encore très neuve pour elle. Elle avait l'impression que son corps, ici et maintenant, ne lui appartenait plus ; il lui était aussi plus facile d'engager la conversation avec une femme, dans le train ; quand on sait que l'on appartient à une communauté, on prend conscience des liens qui vous unissent à d'autres ; quand on est étranger, on est davantage livré à soi-même. À Vienne, elle était la fille d'un lieutenant-colonel, elle était secrétaire ; ici, elle était une jeune femme, vêtue d'un discret tailleur en shetland, qui se promenait au hasard des rues. Quand on abandonne ses habitudes, on ne peut que se retrouver soi-même. Elle regrettait presque de ne pas avoir plus de temps pour découvrir toutes ces choses nouvelles.

Elle arriva à Lucerne dans le courant de la matinée. Les programmes imprimés qu'elle avait reçus à Vienne après s'être inscrite lui indiquaient tous qu'elle devait se présenter au secrétariat du congrès pour prendre contact et se voir attribuer un hébergement ; après avoir demandé son chemin, elle trouva un vieil immeuble qui lui sembla assez pompeux et qui trahissait le solide bien-être suisse des siècles passés ; elle gravit un large escalier de bois, si bien ciré qu'il était lisse comme un miroir. Elle se retrouva bientôt dans une pièce confortable au plafond lambrissé qui avait dû être autrefois la pièce de réception de cette maison patricienne. Quand elle demanda au domestique où se trouvait le secrétariat, celui-ci répondit dans un allemand teinté d'un fort accent helvétique en lui montrant un bureau où elle aperçut un monsieur assis devant des piles de papiers et qui était en train de remplir des formulaires avec une dame. Trop timide pour l'interrompre, elle resta à quelques pas de distance et attendit, ce qui lui donna la possibilité de les observer.

La dame était très agitée et semblait un peu contrariée. Elle sortait constamment le programme de son sac et paraissait sans cesse vouloir y modifier certains détails ; son accent et certains mots qu'elle avait prononcés d'une voix forte permirent à Clarissa d'en conclure qu'il s'agissait probablement d'une Polonaise ou d'une Tchèque. Cette dame semblait vouloir imposer quelque chose. Clarissa n'en fut que plus réjouie par l'attitude impavide du secrétaire, qui devait être habitué à ce ton hystérique ; c'était un homme de quarante ou quarante-cinq ans, au visage oblong, l'air un peu maladif, avec un nez aux belles proportions et une expression de gaieté dans le regard. Il lui rappelait un portrait d'Alphonse Daudet, probablement à cause de sa tendre barbe brune. On avait l'impression, il était même évident qu'il était obligé d'éconduire cette dame, mais lui, le professeur Léonard, le faisait d'une voix si douce et avec une amabilité aussi plaisante qu'inébranlable, que cette demanderesse irascible voyait toujours son attaque repoussée l'espace d'un instant. C'était sa gentillesse qui le portait à atténuer toute forme d'intransigeance. « *Mais je vous assure, madame* *, l'entendit-elle dire d'une voix dans laquelle pointait presque un peu de tendresse, *il n'y aurait pas plus grand plaisir pour moi que de réaliser ce changement.* » Ce que l'autre ne remarquait pas, dans son énervement, c'était que plus elle s'exaltait, plus il jouait de sa bonne

---

* Dans les pages suivantes, tous les passages indiqués en italique sont en français dans les texte. (*N.d.T.*)

humeur et se montrait courtois. Clarissa eut l'impression qu'il s'en amusait, qu'il y avait une légère ironie dans son affabilité. Finalement, la dame sembla comprendre que tous ses efforts seraient vains ; elle se leva, furieuse, brandit le sac à main qu'elle tenait, et voulut sortir, amère, mais lui se leva d'un bond et lui dit : « *Madame, vous avez oublié vos papiers* », et il lui tendit ses documents. Son regard se tourna vers Clarissa, et il esquissa un sourire imperceptible. Puis il s'adressa à elle et la pria de s'approcher du bureau.

C'est alors seulement qu'elle s'avança vers lui. Il l'invita poliment à prendre place ; l'espace d'un instant, elle sentit qu'elle aussi avait retrouvé un regard plein de gaieté. Elle expliqua qu'elle cherchait à se loger et qu'elle venait pour la répartition. Elle lui indiqua son nom. Il sortit la liste, et à peine l'eut-il consultée qu'il s'adressa à elle d'une voix joyeuse et pleine d'enthousiasme.

« Ah ! Vous êtes mademoiselle Schuhmeister, de Vienne ! Vous êtes donc effectivement venue ! Bien, pour vous, nous allons choisir un logement particulièrement confortable, une sorte de chambre princière. Vous êtes en effet l'invitée d'honneur que nous attendions. »

Sans le vouloir, Clarissa rougit. Ignorait-on qu'elle n'était qu'une assistante venue pour représenter le docteur Silberstein ?

« Il doit s'agir d'une erreur. Je crains que vous ne me confondiez avec quelqu'un d'autre. »

Mais Léonard se mit à rire.

« Non, voyez vous-même. C'est avec curiosité que je suis tombé sur votre nom… Hier soir, j'ai noté un grand point d'exclamation à côté, et je peux sur-le-champ vous en expliquer la raison. Nous n'avons pas beaucoup d'hôtes étrangers en dehors de nos propres amis et des Suisses. Voilà quinze jours que les délégués étrangers arrivent ; chacun d'eux a des desiderata. Ils veulent une chambre particulière avec vue sur le lac. Ils exigent de faire traduire leurs interventions et d'en donner auparavant des extraits à la presse ! Trois d'entre eux nous ont même adressé leur photo à cette fin. Et bien sûr, l'essentiel : chacun veut intervenir le premier soir, et aucun n'est prêt à s'inscrire pour le troisième ou le quatrième ; outre les questions d'ordre privé, celles concernant le protocole à table sont une preuve de la vanité des nations. J'ai dû noter soigneusement à côté de chaque nom tous les souhaits, peser désespérément toutes les animosités et toutes les rivalités, et hier soir, quand j'ai vu votre nom tout seul, sans la moindre mention, je me suis dit : celle-là ne viendra pas. Il est impossible que quelqu'un entreprenne un voyage de douze heures pour se rendre à un congrès sans avoir l'intention de parler, simplement pour écouter les autres. Ou bien auriez-vous par hasard apporté vous aussi une conférence qui viendrait gâcher mon idéalisme si sincère !? »

Elle rit. Il avait une gaieté et une simplicité qui détendaient l'atmosphère.

« Non, je ne suis vraiment venue ici que pour écouter. Et si je puis vous demander une chose, ce serait un logement très simple. Sinon, je ne me sentirai pas à l'aise. Je n'ai emporté aucune toilette. Je voudrais pouvoir être aussi libre que possible.

– *Accordé* ! Et à présent, passons au plan de table pour ce soir. Avez-vous des souhaits particuliers en ce qui concerne vos voisins, la langue parlée, une personne précise que vous aimeriez rencontrer ?

– Non. Je ne connais personne ici.

– Si. Moi. Si vous ne voyez pas d'inconvénient à être assise en bout de table, le plus loin possible de toutes ces sommités, c'est moi que vous aurez comme voisin. »

Une autre dame parut près de la porte. Clarissa remercia Léonard et prit ses papiers. Son logement se trouvait en ville, près du lac : une chambre proprette chez une institutrice aimable, dans une maison aux lucarnes de bois, où l'on se sentait vraiment chez soi. La vue donnait sur le lac et le vert tendre de ses rives. Le congrès commença l'après-midi ; les participants affluaient : de jeunes professeurs pour la plupart, hommes et femmes ; les Français se reconnaissaient immédiatement, car ils avaient un type différent, plus délicat. Le secrétaire se tenait à nouveau devant l'entrée, entouré d'une meute de gens qui lui

demandaient toutes sortes de renseignements ; elle remarqua de nouveau combien elle appréciait l'attitude calme
et posée avec laquelle il prenait des décisions au milieu de
ce tumulte. Il avait un mot poli ou drôle pour chacun ; cela
vous donnait une agréable sensation (malgré elle, elle se
rappela la nervosité avec laquelle le professeur Silberstein
réglait ce genre de question) ; à un moment donné, ravi de
la reconnaître, il la salua de loin. Le congrès se déroula
comme les congrès habituels : chacun parla un peu trop
longtemps, et une chaleur étouffante régnait dans la salle ;
malgré sa bonne maîtrise de la langue française, Clarissa
eut du mal à noter correctement tout ce qu'elle entendait ;
et même sa bonne volonté ne lui servit pas à grand-chose,
car il y en avait tout simplement trop. Mais le soir, la partie mondaine la dédommageait de ses efforts ; le secrétaire
Léonard veillait à faire régner la bonne humeur à sa
table. Elle admira de nouveau l'aisance dont il faisait preuve
dans ses rapports avec les gens, ménageant les vaniteux,
traitant les amis avec camaraderie ; elle n'avait jamais connu
auparavant cette atmosphère cordiale qu'il savait faire
naître autour de lui, et cela la libérait du sentiment qu'elle
avait d'être étrangère ; elle entama une conversation avec
une Française – une enseignante de Toulouse – au cours
de laquelle elle apprit beaucoup de choses qu'elle pourrait rapporter à la maison.

Même si elle sentait à table que le regard de Léonard
se posait souvent sur elle, elle eut peu d'occasions de
s'entretenir avec lui qui, comme elle l'apprit, n'était pas
du tout professeur d'université, mais enseignait simplement dans un lycée de Dijon. Elle fut d'autant plus surprise quand il s'approcha d'elle au soir du deuxième jour
et lui demanda si elle n'avait pas envie de venir bavarder
avec lui pendant une demi-heure dans un café ; il avait un
service à lui demander. Ils se rendirent ensemble dans un
petit café au bord de la rivière où quelques bourgeois de
la ville étaient assis devant leur chope de bière, et il lui
présenta assez directement sa requête. « Je vais peut-être
vous demander beaucoup, une chose que l'on n'accorde
pas si facilement à quelqu'un que l'on ne connaît pas, à

savoir votre confiance et votre sincérité. Vous ne faites pas partie de notre organisation, mais vous savez peut-être que ce congrès est, jusqu'à un certain point, mon affaire. Pardonnez-moi ma franchise, mais il n'y a personne en qui j'aie autant confiance qu'en vous, parce que vous n'êtes venue que par intérêt pour le thème de notre congrès et que par ailleurs, vous ne vous préoccupez pas des problèmes internes. D'habitude, nos professeurs se rencontraient toujours dans une ville de province, en France, et ils en changeaient chaque année; cette fois, j'avais proposé d'élargir un peu ce cadre et d'inviter des intervenants et des hôtes étrangers et, une fois n'est pas coutume, de traverser la frontière. J'aurais aimé à présent connaître vos impressions – sincèrement : vous voyez les choses de l'extérieur, moi je les vois de l'intérieur, et dans cette position, on s'attache trop aux détails. Plus vous serez franche, plus je vous serai reconnaissant, plus vous m'obligerez. »

Clarissa réfléchit.

« Si vous me demandez de vous répondre franchement, je vous dirai que je me sens un peu étourdie au bout de quelques heures. Il y a trop d'interventions et, surtout, les sujets traités ne vont pas toujours bien ensemble.

– C'est exact », dit Léonard sans paraître le moins du monde blessé. « C'est la faiblesse humaine qui consiste à parler trop dès qu'on vous laisse vous exprimer. Et ma faiblesse toute personnelle qui consiste à ne pas fixer de limite au temps de parole. Mais poursuivez : avez-vous vu des contacts se nouer entre les orateurs étrangers ? Croyez-vous que ces idées seront suivies d'effet ? Par exemple l'excellente proposition qu'a faite la Suédoise ?

– En partie seulement, je le crains. Elle a été un peu balayée par la prestation suivante, assez fatigante. À mon avis, il aurait fallu envisager une pause à ce moment-là, ou une discussion. »

Léonard la regarda.

« C'est exactement ce que je pensais. Mais poursuivons : avez-vous eu cependant le sentiment que nos gens comprenaient bien le français parfois médiocre des intervenants étrangers ? Pourquoi souriez-vous ?... »

Effectivement, Clarissa ne put se retenir. Elle se souvint d'un détail qui n'avait pas facilité la communication.

« Allons, courage !

– C'est naturel, et il ne faut pas que vous m'en vouliez si cela m'a un peu amusée, mais je sentais à tout instant que l'auditoire était constitué de professeurs qui ont l'habitude de corriger les autres. Chaque fois que l'oratrice faisait une faute de prononciation ou une erreur de syntaxe, ma voisine sursautait, et elle avait du mal à se retenir. On aurait dit qu'une mouche l'avait piquée. Et il en allait de même du monsieur qui était assis devant moi. Mais ensuite, ils se sont montrés charmants à l'égard de cette oratrice et l'ont chaleureusement félicitée pour la qualité de son français.

– Et l'intérêt purement scientifique ? Avez-vous appris quelque chose de positif et de nouveau… ? »

Clarissa eut un moment d'hésitation.

« Courage !… Soyez franche !

– En fait, non. »

Léonard s'enfonça dans son fauteuil.

« Moi non plus. D'ailleurs, je ne m'y attendais pas. Ce que je voulais, c'était un simple mélange des atmosphères. Les grands personnages admirent les autres de loin, car ils croient que la proximité est nocive. Je préfère les petites gens. Ils sont le « sel de la terre ». Les professeurs que vous voyez là, hommes ou femmes, sont des gens simples, et ils vivent dans des conditions extrêmement modestes. Si on ne leur donne pas un petit coup de pouce, ils n'ont pas le courage de traverser d'euxmêmes la frontière et d'aller dans un pays pratiquant une autre langue et une autre monnaie ; nous leur avons procuré une réduction sur le billet de train, un logement gratuit, et nous avons essayé de tout faire pour leur ôter leur appréhension. Les interventions ne sont qu'un prétexte ; vous avez vu cette Suédoise ; ce prétexte lui donne des ailes ; car quand on est vraiment intéressé, on peut tout trouver dans les livres, de nos jours ; nous ne vivons plus au siècle où seule la parole était à même de transmettre la pensée. Ce dont ils ont besoin, c'est le sentiment de participer à quelque chose, de sortir de leur existence factice et d'être entraînés dans le flot de leur temps. Ce qui vous semble petit, à vous qui vivez dans une grande ville, prend des dimensions gigantesques pour d'autres ; pour beaucoup d'entre eux, c'est la première Suédoise, Allemande ou Italienne à qui ils ont parlé de leur vie. Vous n'avez pas idée de ce qu'est une petite ville française. Quand on y vit, c'est une mort lente. Tout ou presque ne s'est fait jusqu'à présent que grâce à la volonté. Notre pays se trouve en fait dans un processus de filtrage permanent, et c'est la province qui fait office de filtre ; elle retient les existences les plus pesantes, les plus grossières, les plus flegmatiques ; et le courant emporte vers la capitale les esprits les plus fins, les plus souples, les plus changeants ; c'est nous qui lui donnons son énergie, son tonus, et ce sont eux, là-bas, qui l'utilisent et l'exploitent. Ceux qui restent sont en fait ceux qui n'ont pas d'ambition, pas d'élan… »

Clarissa le regarda.

« Et vous-même ? Pourquoi n'allez-vous pas à Paris ? »

Léonard s'enfonça dans son fauteuil.

« J'ai vécu à Paris. Cinq, non, six années, à une période lointaine de ma vie, plus ambitieuse. À cette époque, j'étais socialiste, un socialiste radical, voire extrêmement radical, en tout cas un socialiste très sincère et fanatique. J'écrivais dans toutes les revues, je prenais la parole dans un nombre incalculable de réunions, et l'on m'a fait monter dans la hiérarchie du parti ; à l'époque, j'aurais facilement pu devenir député, et j'ai même bénéficié d'une formation déterminante pour cela : j'ai été pendant deux ans le secrétaire du ministre R. Peut-être le connaissez-vous de nom ; à part Jaurès, personne ne possédait cette énergie électrisante ; il était brillant et doué au plus haut point, et quand j'étais jeune, je le vénérais comme un dieu. Je connaissais ses discours par cœur, j'avais son portrait dans ma chambre, et vous pouvez vous imaginer combien j'étais fier quand je devins son secrétaire. Je ne tardai pas à régler toute sa correspondance, à recevoir à sa place des visites – tout passait par moi. J'appris beaucoup de choses au cours de ces deux années ; j'en appris même trop. Je bouillonnais d'enthousiasme pour lui. Bien des électeurs s'adressaient à moi, car lui ne savait plus comment leur parler. J'appris combien de compromis il faut faire pour arriver au pouvoir, comment il faut s'y prendre pour y rester, et plus je l'observais – même le jour où il enleva ses manches un après-midi de grande chaleur, au mois d'août –, plus je constatais à quel point il se consumait dans toutes ces petites combines et ces intrigues politiciennes. Dans toute action qu'on entreprend, il y a quelque chose qui finit, à la longue, par vous déformer. Il ne lisait plus, il n'apprenait plus rien ; en fait, il ne vivait plus, et surtout, il n'était plus libre. Il se demandait «Que puis-je faire ?». Il ne parvenait à se maintenir en place que grâce à ses nombreuses relations et à ses contacts ; les postes importants sont dangereux pour des hommes moyennement doués ; quand on doit se dépasser soi-même, cela transforme le caractère. Soudain, je fus dégoûté par les campagnes électorales dans les grandes villes, par toutes ces propositions et ces promesses, ces poignées de main ; la gratitude pour ce qui rendait un homme heureux là-bas, c'était pour moi du passé. En fait, cette gratitude aurait suffi pour deux. Et moi qui me donnais encore complètement au parti, à cette époque-là, j'eus envie d'échapper à cet engrenage, je me dis qu'en province je pourrais faire plus de choses qu'en demeurant bien installé dans un fauteuil du Palais-Bourbon, je pourrais rester davantage en contact avec les gens et avec moi-même. Je demandai donc ma mutation dans une petite ville. J'ai changé deux fois volontairement ; et maintenant, je suis là.

– Mais vous dites bien que la vie de province est paralysée.

– Oui, à l'extérieur. Mais est-ce une raison pour que la vie s'immobilise en vous-même ? Le monde a besoin d'une organisation nouvelle. C'est à cela qu'il faut travailler. Comme l'ont fait Tolstoï et les meilleurs. Voyez-vous, on se trouve à l'intérieur d'un cercle très étroit, mais on a l'impression qu'on le remplit entièrement. Cela n'a rien d'abstrait. C'est un peu ce que dit Goethe : «Tu auras beau coiffer une perruque aux millions de boucles et poser ton pied sur des chausses d'une aune, tu n'en resteras pas moins ce que tu es. » On connaît les gens sur qui on a de l'influence. On peut les observer, les contempler en toute quiétude, et parce que nous les observons calmement, nous en savons plus à leur sujet dans bien des domaines que ceux qui sont à Paris. L'organisation émane des grands esprits, l'humain procède des petits : ceci vaut également pour un domaine d'activité restreint. Regardez donc ces petits professeurs. Je sais qu'ils ont l'air un peu ridicule et gauche avec leurs costumes provinciaux, avec leurs lunettes et leurs petites mesquineries. Regardez une douzaine d'entre eux ; pris isolément, ils ont l'air misérable, pitoyable, mais pris tous ensemble, ils détiennent un pouvoir considérable : ils constituent l'avenir, ils sont la base. On s'en rend compte immédiatement dès qu'on s'intéresse aux aspects extérieurs, reconnaissables au premier coup d'œil, avant même d'avoir saisi la chose dans son ensemble, avec ses yeux, ses sens et sa sensibilité. Car tout dépend de la façon dont on prend les choses et du point de vue auquel on se place. Même si l'on n'est qu'un pauvre bougre de professeur. Je souhaiterais que vous puissiez lire nos petites revues dont le tirage n'atteint même pas en une année celui du *Matin* ou du *Figaro* en un seul jour ; vous pourriez y prendre le pouls du socialisme réel, en comprendre l'esprit véritable. Chacun des grands journaux étend toujours plus son rayon d'action, mais le centre reste vide. Je sais que mes propos vont à contre-courant de vos idées et de l'esprit du temps, qui préfère les synthèses. Mais ma vision du monde me dit qu'il faut que j'aille à contre-courant, car une résistance est en train de se développer contre lui. Certains noms nous sont familiers, mais vous ne les trouverez jamais dans les journaux populaires ; peu importe à ces gens que personne ne les connaisse. Voilà l'esprit de notre époque ; juste avant les élections, les parlementaires retrouvent soudain la mémoire, et ils vont alors les voir, et c'est ainsi qu'ils cherchent à s'attirer les voix des électeurs. Ah ! comme je les aime ces petites gens, ces sans-ambition, ces êtres discrets et réservés : ce sont les Forts ou les Justes sur lesquels, à en croire la Bible, le monde se bâtit. »

Il interrompit un instant le flot de ses paroles. Elle attendit.

« Mais voyez-vous, ce n'est pas suffisant. Ce n'est pas tout ce que je voulais. Il n'est pas seulement question de quelques personnes, il y va de l'humanité tout entière. Votre Goethe a dit : "Les hommes sont comme la mer Rouge : à peine le bâton les a-t-il séparés qu'ils se referment sur eux-mêmes". Mais ils ne constituent pas véritablement une communauté. Il faudrait pouvoir agir par-delà les frontières des pays, plus que jamais. Les ambitieux de ce monde sont liés, ils se stimulent les uns les autres. Les dirigeants socialistes se rendent visite, ils doivent avoir un congrès chez vous. Les industriels ont leurs entreprises, les professeurs leurs congrès. De cette façon, nous croyons tous que nous sommes les plus puissants. Seules les petites gens, ceux qui restent silencieux, qui ne nourrissent pas d'ambition, ceux-là ne parviennent pas à se réunir, et c'est là tout le malheur du monde dans lequel nous vivons. Ceux qui ne veulent rien savoir les uns des autres, qui se contentent de savoir qu'il y a des gens corrects d'un côté comme de l'autre, qui sont heureux quand ils peuvent se retrouver entre eux, sans arrière-pensée publicitaire ou commerciale, ceux-là restent des anonymes. Dans le monde, tous les gens qui sont liés par des intérêts communs se rencontrent. Qu'en serait-il si l'on parvenait un jour à rassembler les anonymes, ceux qui n'ont précisément d'autre intérêt que de vivre tranquillement et dans la paix – ce serait la plus grande puissance du monde. Les intérêts des États, les intérêts de classes se bousculent dans le monde. Voyez-vous, c'était une petite expérience. Une tentative bien modeste, je le sais. Mais il faut faire et refaire sans cesse de telles expériences. Pourtant, chacun doit savoir qu'il n'atteindra ainsi aucun objectif tangible. Mille, dix mille petits cercles doivent se former et se toucher. C'est alors seulement que les choses rentreront dans l'ordre. Les dimensions ne sont pas l'essentiel – au contraire, plus les proportions sont grandes, moins il y a de substance humaine et morale à l'intérieur. Notre démocratie est devenue trop vaste, et il en va de même du socialisme ; ce sont déjà des appareils et des organismes au lieu d'être de véritables communautés. Nous devons apprendre à nous modérer, à nous limiter plutôt à une petite échelle, à de petites associations, à des groupes. Eux résisteront quand le monde s'effondrera. »

Clarissa réfléchit. C'était un univers différent : son ambition d'enseignant, de professeur tendait vers l'extrême, et cela lui rappela son père.

« Je sais que cela ne peut pas faire de mal tant que j'ignore ce que je fais. Je ne porte aucune responsabilité quand je propose de nouer une alliance, de constituer une colonie.

– Mais croyez-vous qu'une action demandant un tel sacrifice de soi vaut la peine d'être entreprise ? Elle ne vous permettra de voir que de petits résultats.

– C'est peut-être plus confortable. » Léonard se mit à rire. « Mais ne parlez pas de sacrifice. Je n'aime pas ce mot. Qu'est-ce que l'on sacrifie, au juste ? Soi-même. Eh bien, que peut-on faire de mieux ? On donne ce que l'on possède en soi-même, sans demander pourquoi ; celui qui pense à ce que cela va lui rapporter ne donne pas assez. Il n'y a qu'une chose qu'on ne peut donner, une chose essentielle : sa liberté. Car il n'existe pas de liberté humaine sans responsabilité : *Il n'y a qu'une chose, rester soy-même*», dit Montaigne, mon ami dans toutes les circonstances de la vie. C'est cela qui importe. Non pas ce que l'on donne ni pourquoi on le donne, mais ce qui vous reste, ce que l'on reste soi-même. Ce ne sont pas des succès tangibles. Mais ceux que les statistiques révèlent non plus. Je hais les statistiques. Chaque succès qu'elles consacrent est peut-être plus égoïste que les autres. Le ministre est mon ami, il est bien assis sur une majorité ; moi aussi, je suis assis, je suis assis ici, avec vous, et c'est le point de vue qui importe. Qui est le plus fort ? Deux êtres jeunes, car ils représentent plus de choses que dix-sept mille voix de majorité aux élections. Vous devriez relire *De l'ambition*. Vous comprendrez alors pourquoi je reste dans mon trou de province, disparu, mais libre. *Vive la liberté*! Qui sait ce qui me rend aussi bavard. Trinquons!»

Il s'était enflammé.

«Voilà, vous venez d'entendre une conférence privée. Peut-être avez-vous appris quelque chose sur la France. Et la prochaine fois, il faudra que vous me racontiez des choses sur vous.»

*

Le troisième jour, Clarissa commença à se sentir lasse. Elle n'avait pas l'habitude de se trouver constamment parmi les gens, et le soir, il fallait encore assister au banquet. Tout cela était trop nouveau pour elle. Au matin du quatrième jour, le 28 juin, il lui sembla qu'elle allait devoir fournir un effort supplémentaire, alors que dehors, les eaux bleues du lac s'étendaient sous ses yeux, sur fond de montagnes étincelantes. Certes, une excursion collective sur le Rigi avait été prévue après la fin du congrès, mais le besoin de solitude, de calme pour réfléchir à toutes ces impressions était si fort qu'elle prit le premier bateau à quai et traversa le lac. Il était à moitié vide, le bateau, car la véritable saison n'avait pas encore commencé; les maisons étincelaient près des petits embarcadères, des hommes étaient assis devant, ou alors ils y faisaient des travaux. «Les petites gens», se dit-elle en se souvenant de la conversation de la veille. «Les voilà, ceux qu'on ne connaît pas et dont on ne sait rien. C'est nous, ces existences innombrables, disséminées sur la terre, nous qui ne désirons rien de plus que de mener notre petite vie tranquille, ici, et là, et partout.» Elle retenait à peine le nom des localités où le bateau accostait. Elle ne jeta pas un coup d'œil sur la carte. Elle ne voulait pas savoir comment s'appelaient ces lieux. Elle voulait simplement sentir la présence de ces montagnes qui n'étaient que montagnes. Se contenter de contempler leurs formes. Elle ne voulait pas savoir qui étaient ces gens, ces gens qui vivaient là et qui, par leur existence tranquille, participaient de la beauté et de la signification du monde.

Le dîner d'adieu était prévu à huit heures. Elle s'en retourna donc, satisfaite et apaisée, dès sept heures du soir. Sa logeuse, la charmante institutrice, l'accueillit en l'informant qu'un monsieur l'avait demandée deux fois déjà ; il devait repasser avant le dîner et la priait de l'attendre. Elle avait eu tout juste le temps de se changer quand Léonard arriva. Jamais elle ne l'avait vu dans cet état : il était impatient et énervé, et tandis qu'elle terminait de se préparer, il lui demanda, derrière la porte, de se hâter autant que possible ; c'était urgent et important. À peine eut-elle pénétré dans la petite pièce de réception qu'il se mit à parler sans même prendre le temps de la saluer.

« Écoutez, il faut que vous m'accompagniez, vous devez m'aider. Il est arrivé quelque chose de très déplaisant. Je ne sais pas si vous avez lu la dépêche – votre prince héritier, François-Ferdinand, a été assassiné aujourd'hui avec son épouse à Sarajevo…

– Assassiné ? »

Elle sursauta.

« Oui, lors d'une tournée d'inspection ou au cours de manœuvres. Par des terroristes ou des irrédentistes, de vulgaires criminels. La nouvelle est tombée comme une bombe au beau milieu de la dernière réunion de notre comité qui devait choisir les discours qui seront prononcés lors du dîner d'adieu. Votre compatriote, Mme Kutschera, a perdu son sang-froid et s'est écriée qu'il fallait exterminer ces bandits, ces Serbes, que ce n'était qu'une bande de meurtriers. D'abord ils avaient assassiné son roi… C'est alors que la déléguée serbe, Mme Dimoff, s'est levée et a commencé à l'insulter. J'ai honte de répéter les termes que ces deux femmes se sont envoyés à la figure. C'était… » – et sa voix se mit à trembler de colère, elle sembla pâlir de rage – « … c'était pitoyable au-delà de toute limite ; ces deux femmes se sont injuriées comme des poissonnières devant nous tous qui essayions en vain de les calmer. Finalement, Mme Kutschera a déclaré qu'elle ne siégerait jamais plus en compagnie de membres de cette nation de meurtriers, qu'elle était la fille d'un officier, qu'elle ne prendrait pas place à la même table. Puis elle a tourné les talons et s'est éloignée en courant. Vous imaginez l'effet que cela a pu produire sur les autres. Que ces femmes qui se mettent à faire de la politique aillent donc au diable ! Je veux dire les femmes ambitieuses. L'ambition est l'affaire des hommes ; chez les femmes, cela tourne à la caricature. On construit quelque chose, on essaie de rapprocher les gens, et ils se rejettent la faute les uns sur les autres – on retrouve là encore cette notion illusoire d'État national ; elle détruit tout. L'État, le peuple, la nation, l'invisible, l'abstrait se dresse contre la vie. Oh, ce fut une honte, une honte. J'ai eu honte.»

Pour la première fois, Clarissa vit cet homme envahi par le découragement. Une grande tristesse voilait son regard.

«Et le malheur, c'est que cette Mme Kutschera est précisément celle qui aurait dû lire ce soir le discours de remerciement des délégués étrangers – elle avait insisté pour le faire, alors que personne n'avait proposé son nom. À présent, vous pouvez imaginer le scandale si elle était absente ce soir, si sa place à la table d'honneur restait ostensiblement vide, ce qui serait une preuve, aux yeux des gens qui sont venus, pleins d'enthousiasme et de joie, que tout ce que nous avons dit sur la compréhension entre les peuples et sur l'amitié internationale n'était qu'un discours creux et que le moindre prétexte suffit pour briser ces contacts à peine ébauchés. On en parlera dans les journaux, et la rumeur se répandra. Voilà le travail de plusieurs semaines anéanti, et au lieu d'une confiance renforcée, ces gens rapporteront chez eux une impression terrifiante, la pire qui soit. Ils penseront qu'on les a offensés. Ce scandale doit absolument être évité, et il faut que vous m'aidiez dans cette tâche. Il faut que vous expliquiez à votre compatriote surexcitée qu'elle ne peut pas manquer aujourd'hui, surtout pas aujourd'hui. Il faut que vous parliez avec elle.»

Clarissa réfléchit.

«Je vais essayer, bien sûr, si vous y tenez. Mais j'ai un

fâcheux pressentiment. Je connais cette Mme Kutschera ; elle est ce que l'on appelle à Vienne une "Je-suis-partout" : elle fait partie de tous les groupes et de toutes les associations, mais chaque chose ne l'intéresse que dans la mesure où elle peut tirer la couverture à elle. On doit pouvoir la convaincre de parler. Mais je ne suis absolument pas sûre de ce qu'elle va effectivement dire. Même hier soir je n'en savais trop rien. Nous avons discuté ensemble, assise l'une à côté de l'autre, et je me sentais parfaitement à l'aise. C'est alors qu'est arrivée la Russe… Jusque-là, je croyais que l'on s'abuse soi-même avec cette image du gigantesque engrenage qu'est le monde, mais je me suis rendu compte que chaque nation en constitue un petit rouage. Allons donc la voir.»

Ils s'y rendirent ensemble. Léonard n'arrivait pas à oublier son amertume.

«Ce n'est pas la seule raison.» Il serra le poing. «Il y a son satané nationalisme, ce nationalisme qui fait éclater les partis. Au niveau international. Il gâche tout. C'est lui, le mal qui place une seule patrie au-dessus de toutes les autres. Nous sommes entraînés dans les bêtises que font nos patries. Dans le chauvinisme. À quoi cela nous sert-il d'être sincères et de faire preuve de bonne volonté si une poignée de gens, là-haut, refusent d'en faire autant ? Ils regardent un drapeau étranger comme le taureau fixe le chiffon rouge. Nous devons rompre avec le chauvinisme. Au diable les patries !

– Mais vous appartenez vous-même à un pays, vous êtes français. Vous voulez aussi construire la France.

– Oui, c'est vrai, je suis français. Mais je ne suis pas marocain. Personne ne m'a demandé d'adopter cette façon de penser. Depuis 1907, on nous le demande à tous, depuis que nous avons annexé la région de la Chaouia. Bien que nous ne connaissions pas les Arabes. C'était nécessaire pour l'industrie de notre pays, nous avons besoin de matières premières. En quoi cette région concerne-t-elle l'homme, le travailleur, le citoyen, le paysan ? Que possède-t-elle ? Que possède la Russie ? L'immensité. Nous devons apprendre à penser en concepts. Des concepts comme celui de grande puissance. Mais nous ne pouvons nous placer nulle part ailleurs que là où nous sommes réellement. On ne peut s'avancer d'une semelle par rapport à l'endroit où se trouve son cœur. Nous devons penser avec notre cerveau de façon consciente et réaliste. Nous devons être sincères. Voir la France que nous sommes dans les faits, voir l'Autriche, voir la Serbie. Nous, les petites gens, nous ne sommes rien ; mais c'est nous qu'ils cherchent à entraîner dans leurs intérêts et à transformer en chair à canon. Le sol, la terre, la langue, l'art, voilà ce qu'est la France, et non la Chaouia et la Guyane et Madagascar. Ils n'en constituent même pas un cheveu. Je me sens bête comme un paysan et je finis par dire : en quoi est-ce que cela me concerne ? Il faut penser de manière primitive pour penser correctement. Il faut essayer de se détourner de cette illusion en se rééduquant soi-même, et être tout simple, complètement sincère. Moi, je dis que cela ne me regarde pas. »

Entre-temps, ils avaient continué de marcher et étaient arrivés à l'hôtel. Ils se firent annoncer. Mme Kutschera regrettait ; elle ne pouvait recevoir personne. À huit heures, elle repartait pour Zurich. Elle devait faire ses bagages. Léonard et Clarissa étaient plantés dans le hall de l'hôtel. Sans dire un mot. Comme il avait ôté son chapeau, elle vit que la sueur collait ses cheveux sur ses tempes. Il semblait épuisé.

« Je suis au bout de mon latin. Je ne peux plus bouleverser tout le programme. Ce discours doit être prononcé dans un quart d'heure. Il faudrait que j'annonce qu'elle est souffrante. Mais je ne mentirai pas. Personne ne pourra m'y contraindre. D'ailleurs, cela ne servirait à rien. Cette situation va gâcher la soirée entière. Tout le monde va fixer des yeux cette place vide : le professeur de dessin de Grenoble, le bon instituteur qui est toujours au piano, tous ces gens que j'ai rassemblés ici et pour lesquels j'ai fait toutes les démarches auprès des consulats. Quand je pense à ces petites gens, avec quelle joie, quel dévouement ils s'apprêtent à agir – ils étaient vraiment heureux comme des enfants : une *manifestation européenne* devait avoir lieu, et il se trouve que notre cher M. Poincaré, à Paris, veut renforcer une alliance militaire, la Triple Entente. Et cette idée maudite de Mlle Vibert ! Elle voulait que chaque nation soit représentée derrière, sur le mur, par son drapeau et son blason ; elle y a travaillé pendant trois après-midi entiers. Maintenant, la place de Mme Kutschera est vide. Tout ce travail pour rien ! La bêtise de deux femmes a tout gâché. Chacun voulait et devait agir dans son propre domaine. Cinquante jeunes, les représentants de cinq ou dix mille autres, se sont retrouvés ici. Et maintenant, ils vont rentrer bredouilles. Avec leur optimisme, ils voulaient montrer qu'ils sont unis. La cérémonie doit commencer dans un quart d'heure. Il n'y a plus rien à faire, à présent. On ne peut tout de même pas ôter carrément la décoration de la salle. Les amis ont passé deux nuits à la peindre sur du carton. Et d'ailleurs, il y a déjà des gens dans la salle. »

Clarissa voyait son désarroi. Pour la première fois de sa vie, elle voyait le désespoir d'un homme qui respirait la joie et l'assurance. Il restait là, debout, passant et repassant son chapeau entre ses mains. Elle se demanda comment elle pouvait apporter sa petite contribution, si possible de façon anonyme.

« Il y aurait peut-être une solution si l'on essayait de prendre les choses en main. Vous voyez bien combien ces gens sont touchants.

– Comment cela ? Dois-je me présenter en mendiant devant cette Mme Kutschera assoiffée de vengeance et qui refuse de me recevoir, comme si elle était un ministre ? Et si on la laisse parler, qui sait ce qu'elle dira ? Si seulement je pouvais aller me cacher !

– Il suffit que vous leur parliez, avec franchise et clarté. Il faut leur dire qu'il y a eu un malentendu. Vous devez parler des comportements qu'il ne faut pas avoir.

– Cela ne ferait qu'attirer encore plus leur attention. »

Clarissa le regarda dans les yeux.

« Il me semble… qu'il existe une issue. Certes, je ne suis pas déléguée… en tout cas pas officiellement…

mais après tout, je suis moi aussi autrichienne et participante au congrès.»

Léonard bondit.

«Vous… vous avez l'intention de prendre sa place ?
Je n'y avais même pas pensé… Ce serait… Ce serait merveilleux… Oui, cela sauverait toute la situation. Comme
je suis sot… C'est une solution parfaite. Et… et vous
accepteriez aussi de dire quelques mots ?»

Clarissa eut une hésitation.

«Je n'ai jamais parlé en public… J'ai toujours besoin
d'une certaine préparation… Il faudrait que je rédige
quelques lignes.

– Cela ne fait rien, cela ne fait rien. Au contraire : vous
n'allez rien rédiger du tout. Plus vous parlerez simplement, mieux cela vaudra. Ainsi, vous ne ferez pas de
grandes phrases. Les autres parlent déjà bien assez… Est-
ce que vous acceptez vraiment ?»

Il la regarda d'un air si enthousiaste qu'elle rougit légèrement.

«Je vais essayer.»

Léonard se leva d'un bond comme s'il avait été mordu.
Puis, oubliant tout ce qui les entourait, il la saisit par les
épaules au beau milieu du hall de l'hôtel. Elle eut l'impression qu'il se retenait pour ne pas la serrer dans ses bras.

«Vous êtes… Vous êtes vraiment un être hors pair,
une véritable camarade. Je l'ai senti tout de suite. Oui,
nous qui sommes amis, nous sentons ces choses-là. Cela
fait du bien. Quand on croit que tout est perdu, le destin vous envoie quelqu'un. Comment puis-je vous exprimer ma gratitude ?»

Il la regarda droit dans les yeux, plein d'affection et
de chaleur humaine. Elle sentait en même temps ses mains
sur ses épaules. Jamais encore elle n'avait perçu autant
de ferveur et de sincérité chez quelqu'un.

«Ainsi, je n'aurai pas l'impression d'être venue en vain.
Vous avez finalement réussi à me mener par des voies
détournées jusqu'à la place d'honneur que vous m'aviez
offerte.»

*

La soirée se déroula de la façon la plus heureuse. Clarissa prononça quelques mots de remerciement très simples qui ne donnèrent pas du tout l'impression qu'elle jouait les utilités et qui furent accueillis avec tant de chaleur que même les délégués serbes vinrent lui serrer la main; personne n'avait remarqué l'incident. Ensuite, Léonard tint encore un discours plein de gaieté. On sentait en l'écoutant le bonheur que lui donnait la réussite de son entreprise. Quand il parlait du congrès, on aurait presque dit Tartarin de Tarascon.

C'est ainsi que se termina le congrès; pour le lendemain, on avait simplement prévu une excursion collective au Rigi, et ce fut la seule véritable réunion collégiale. L'un des plus imposants bateaux avait été mis à leur disposition, et une ambiance pleine d'entrain s'instaura dès le trajet vers Vitznau. Léonard vit peu Clarissa, car il devait donner ses instructions, et en tant que véritable *Maître de plaisir* *, il avait à régler divers petits problèmes. C'était un spectacle touchant. Certains de ces enseignants n'avaient jamais pris un bateau à vapeur de cette taille, et ils trouvèrent cela merveilleux; les Suisses s'étaient donné beaucoup de mal, et à chaque escale, ils venaient les accueillir avec des enfants en costumes folkloriques. Leur seul souci fut le temps : une bourrasque de vent passa, poussant devant elle les nuages, et il sembla que le Rigi lui-même n'allait pas tarder à perdre sa cape blanche, son bonnet immaculé. Certains excursionnistes s'étaient enveloppés d'un châle. Le bateau mit d'abord le cap sur Flüelen, puis il revint vers les lieux où avait vécu Guillaume Tell; Clarissa s'entretint avec des institutrices françaises et leur expliqua la légende du héros national suisse. Ceux qu'elle appréciait le plus, c'étaient les paysans, et elle les observa un peu; Léonard avait raison. Il lui avait ouvert les yeux. Elle ne les voyait vraiment plus comme auparavant. C'étaient de petites gens,

* En français dans le texte.

à l'évidence. Ils portaient des imperméables, des costumes étranges, des tabliers rustiques sur des jupes noires un peu graisseuses. Ils avaient appris à être économes de génération en génération. Ils avaient probablement hérité des jumelles de leurs grands-pères et des sacs tricotés de leurs grand-mères. Ils dépensaient très peu. En guise de déjeuner, ils mangeaient de simples tartines. Mais ils resplendissaient tous de joie à la vue du lac, du doux vallonnement des coteaux et de la propreté ambiante. C'était le premier regard qu'ils jetaient sur le monde extérieur. Certains avaient même apporté leur appareil photo. Mais tout ce qu'ils possédaient était bon marché et d'une modestie touchante. C'est grâce à eux que l'on sentait son propre bonheur de la façon la plus immédiate. Clarissa ne put s'empêcher de penser à lui, à Léonard ; il prenait tout comme allant de soi, avec une grande fraternité. L'excitation commença vraiment quand le chemin de fer à crémaillère les emmena au sommet ; tout ce qu'ils découvraient leur faisait l'effet d'un miracle. Beaucoup étaient équipés de manteaux et de capes comme pour un voyage au pôle Nord. L'air retentissait de petits cris. «Regarde donc!» Ils se montraient mutuellement des fleurs. Là, dans un coin ombragé, ils aperçurent une plaque de glace. Une paire de jumelles passait de main en main. Ils appréciaient l'air de la montagne, son parfum léger. D'en bas, on entendit le son grave des cloches d'une église. Ils se regroupèrent autour d'un professeur de géographie qui leur expliqua tout. Soudain, un imposant nuage les enveloppa, là-haut, si bien qu'ils ne se voyaient pratiquement plus les uns les autres ; ils se mirent à s'appeler et à crier. On eût dit un jeu d'ombres chinoises ; quelqu'un lança en français : «Henri!» Enfin, vers le soir, quand le ciel ne fut plus qu'un léger reflet rougeâtre, Léonard dut faire un effort pour les ramener. Ils le suivirent, avec des visages rougis. C'était beaucoup plus touchant qu'une joie d'enfant (Clarissa se souvenait d'excursions qu'elle avait faites dans les montagnes, quand elle était au couvent), parce qu'il s'agissait justement d'adultes : il y avait parmi eux des hommes à la barbe grisonnante, et des femmes fluettes : on eût dit qu'ils suivaient le curé pour se rendre à l'église, et elle avait toujours trouvé cela romantique. Mais à présent, elle ne faisait qu'un avec ces gens. Elle ne pouvait s'empêcher de penser : «Les petites gens. Ils ne vont pas tarder à chanter ! Et effectivement, les voilà qui entonnent *La Marseillaise*. Comme il a raison. Il faut que nous fassions entrevoir un peu de ces merveilles à ces anonymes, car nous sommes ceux qui les comprennent vraiment. D'autres personnes faisaient partie du voyage, mais que savent donc ceux qui ont été comblés par la nature ? Seuls les autres, ceux qui se contentent de peu, connaissent ces petits bonheurs. Avec eux, nous construirons vraiment le monde.»

Sur le bateau, Clarissa ne se lassait pas de contempler la joie de ces gens. Ils avaient l'air soudain transformés : leurs yeux rayonnaient et exprimaient la joie d'être ensemble. Autant ils étaient restés sérieux dans la salle du congrès, autant ils se montraient curieux et pleins de vie dans les rues. Mais il lui sembla qu'entretemps leurs regards étaient devenus plus clairs ; elle rit avec eux, elle adressa aussi la parole à d'autres, ce que sa timidité l'empêchait de faire habituellement. Deux institutrices de Montauban étaient assises près d'elle ; ainsi, elle pouvait apporter sa contribution au rapprochement du monde, donner aussi un peu de chaleur, communiquer. Autrefois, il lui était impossible de regarder de cette façon les pensionnaires du couvent avec lesquelles elle avait dormi pendant six ans dans la même chambre. Elle ressentait le besoin de parler, même si elle avait fort peu de choses à dire. Et elle se disait que les gens allaient penser : «En tout cas, elle n'est pas timide.» Cette expérience, c'était comme une sœur en elle, elle la percevait de la même façon qu'elle avait reconnu en Léonard l'ami, et en participant à la joie, en s'ouvrant à l'extérieur et en s'abandonnant, elle se percevait elle-même. Elle sentait le vent souffler sur sa poitrine comme jamais auparavant.

Les Alpes commencèrent à s'embraser. D'abord, les nuages étaient devenus un peu plus pâles, et à présent, les montagnes prenaient une lueur rosâtre. Le bateau s'approchait de Lucerne. Tous s'étaient tus peu à peu. Cette excursion les avait épuisés. Le soleil se coucha lentement. Une légère fraîcheur tomba. Les visages s'effacèrent insensiblement. On distinguait encore le Pilate. Cette faible luminosité suffisait pour qu'on vît son sommet. Clarissa se retira sur le pont arrière. Elle voulait se retrouver. Bien sûr, elle avait conscience qu'elle n'était plus seule au monde. Une ombre légère s'approcha. C'était Léonard qui venait s'asseoir près d'elle; à cet instant, elle se rendit compte qu'elle venait de penser à lui. Il savait faire régner autour de lui un sentiment de sécurité, ne serait-ce que grâce à ses larges épaules et à sa barbe douce; et aussi en suscitant la joie de ces trois ou quatre cents personnes. Il la regarda; lui-même avait l'air gai, mais fatigué. Elle le félicita.

«Les choses se sont bien passées, n'est-ce pas, dit-il tout heureux. Pas d'incident. À présent, je peux moi aussi me réjouir un peu. Quand le bateau accostera, ma responsabilité vis-à-vis de *mon troupeau* cessera. Je m'appartiendrai à nouveau complètement. »

Elle lui dit quelques mots affectueux, soulignant combien elle avait observé son travail et combien il était en droit de se réjouir.

«Oui, répondit-il, je suis au comble de la joie, vous avez raison. Mais que vais-je en faire? C'est presque un peu trop pour moi seul. Je suis habitué à des portions plus modestes – d'habitude, le soir, il me reste un livre, un ami, une belle lettre, un peu de musique. En fait, c'est dans ces choses que je trouve mon bonheur. Quand il y en a davantage, je ne sais plus quoi en faire, et j'aimerais le partager avec d'autres. Tout cela représente une joie immense pour moi. Que voulez-vous que je fasse avec tant de joie? Elle me démange les mains. Si j'étais un habitant des Alpes suisses, je pousserais une tyrolienne; un vrai Français boirait du vin. Dois-je me mettre à parader? Que fait-on avec autant de joie? Donnez-moi un conseil, vous savez toujours ce qu'il convient de faire. »

Clarissa sourit en se disant: il a du mal à s'approcher des autres, mais encore plus à s'ouvrir à eux. Pourtant, il n'éprouvait aucune difficulté à lui parler.

«J'ai eu grand-plaisir à me trouver en votre compagnie, dit-elle. Mais vous me surestimez. Au fond, je ne pourrais que vous ennuyer. Je n'ai pas lu grand-chose, et je n'avais certainement aucun titre pour participer à ce congrès. Je vis dans un univers très étriqué.»

Léonard promena son regard vers le large.

«Vous rentrez demain?

– Non, dit-elle. Mes vacances ne font que commencer. C'est le congrès qui a été le prétexte de ce voyage. Même si tout cela avait été un échec total, je n'aurais rien regretté. Ainsi, ce congrès fut peut-être ce qui pouvait m'arriver de mieux.»

Il réfléchit. Il avait l'air de vouloir dire quelque chose. Quand on se sentait aussi bien ensemble, il fallait peut-être se dire un mot gentil au moment des adieux. S'il était un être hypocrite, il se sentirait peut-être plus équilibré et se serait comporté comme un être normal. Il était étrange de voir combien peu d'adultes savaient parler spontanément.

«Qui sait où vous allez. Qui sait si je vous reverrai un jour. J'avais l'intention de vous dire quelque chose, mais je ne voulais pas vous mentir. Je n'aime pas les grands discours. Mais vous savez que j'ai été heureux en votre compagnie. Ainsi, j'ai pris un peu plus confiance en moi-même et donc en tout le reste. Cela fait longtemps que je juge les gens selon qu'ils me rendent meilleur que je ne suis ou non. Je me demande à présent si je me sens plus à l'aise une fois que j'ai été en leur compagnie.»

Un sentiment impérieux s'empara de Clarissa. Elle appréciait ce qu'il y avait de calme et d'humain en lui; et sans le vouloir, elle toucha ses épaules à l'endroit où les mains de Léonard s'étaient posées la veille, dans cet élan spontané de gratitude; ils n'avaient nul besoin de mots tendres. Tout entre eux était clair et sincère. La sincérité, au moment de se séparer, était pour eux comme un devoir.

«Oui, je serais désolée moi aussi si nous ne devions plus jamais nous revoir.»

L'eau s'écoulait le long des bordages. Les machines tournaient. Ils sentaient leur propre haleine.

«Dites-moi franchement. Est-ce que cela ne dépend pas de vous? Est-ce que cela ne dépend pas de nous? J'ai encore devant moi des jours et des semaines de liberté. J'aimerais aller dans les montagnes, faire des excursions, visiter des villes. Vous aussi? Je me sens heureux comme rarement je l'ai été dans ma vie. Pouvoir parler à quelqu'un pendant des jours et des jours! Acceptez-vous de me faire part de vos projets? J'aimerais passer encore quelques heures, quelques jours avec vous, en bons camarades. Je voudrais flâner un peu. Je ne sais pas encore dans quelle direction. Si je vous rencontrais un jour dans une ville, en cours de route, assise dans un café… Nous pourrions nous retrouver ici ou là. Nous pourrions aussi visiter les mêmes villes et faire ensemble une excursion.»

Elle le regarda et dit d'une voix tranquille: «Volontiers.»

Les lumières se rapprochaient. Il se leva.

«Je vous remercie. À présent, il faut que j'aille m'occuper des miens. J'ai encore les comptes à faire, demain matin. Et ensuite, nous pourrons reparler ensemble. Je vous remercie.»

Il lui tendit la main. Ce fut fort comme une poignée de main.

Elle le suivit du regard. Elle sentit une vague de chaleur parcourir son corps en voyant sa démarche calme et légère. Pas un mot de ce qu'il avait dit n'était déplacé. N'importe qui d'autre aurait sans doute eu un regard répugnant qui l'aurait mise dans l'embarras. Son regard était le premier qu'elle avait accepté volontiers et qui avait suscité en elle une sorte de tendresse.

Juillet 1914

Le lendemain, ils avaient décidé de faire ensemble une excursion dans la région de Wengen, rien de plus. Ils avaient encore peur l'un de l'autre ou craignaient en tout cas de s'importuner mutuellement. Mais ensuite, ils décidèrent d'une deuxième excursion, et de ce jour ils ne se quittèrent plus. Cette période passée ensemble fut marquée par une grande intimité, mais sans les signes extérieurs de la passion débridée ; au bout de deux jours, on eût dit que les choses n'avaient jamais été différentes et qu'elles ne pourraient jamais plus changer. Dès le premier jour, Léonard lui avait exposé avec une extrême franchise sa situation familiale. Selon l'état civil, il était marié, mais sa femme l'avait quitté six ans plus tôt ; dans le jeune dirigeant politique qu'il était, elle avait en fait aimé davantage les possibilités qu'il lui ouvrait que lui-même. C'est pourquoi elle l'avait soutenu dans ses projets pendant sa période militante. Ensuite, elle avait nourri ses propres ambitions, et à l'époque de son ascension, elle avait travaillé pour lui avec acharnement et l'avait aidé à progresser avec cette opiniâtreté que possèdent les femmes médiocres dans la mesure où l'objectif visé se situe dans le droit-fil de leur volonté ; son poste de secrétaire du ministre, il le devait plus à sa femme, à la ténacité et à l'intelligence de sa diplomatie, qu'à sa propre énergie. Le jour où il abandonna sa carrière politique, elle ne le comprit pas, et elle le comprit encore moins quand il prit ce poste de professeur dans

une petite ville ; pourtant, on accepte parfois des sacri-
fices dont on ne saisit pas le sens. Le fait qu'il n'ait pas
tenu ses promesses fut une grande déception pour elle,
et bientôt, c'est lui-même qui la déçut.

« Comme nous étions tous deux ambitieux, nous allions
bien ensemble. Mais je l'ai profondément déçue. »

Sous le prétexte de rendre visite à sa mère, elle passa
plusieurs semaines à Paris, et Léonard ne se fit aucune
illusion : elle avait là-bas une liaison. Sans contrat ni
divorce, ils vécurent chacun de leur côté ; conformément
à sa conception de la liberté, il décida de la laisser vivre
à sa guise ; il n'y avait aucune animosité entre eux, et il
était prêt à accepter le divorce dès qu'elle en ferait la
demande ; mais il était plus commode pour elle de vivre
à Paris en tant que femme mariée ; lui ne se souciait guère
du lieu de résidence de cette famille, dont l'existence était
purement formelle, car ils n'avaient pas voulu d'enfants.
Il lui racontait tout cela, à elle, Clarissa, très franchement,
sans enjoliver quoi que ce fût, et elle comprit qu'il ne voulait pas avoir de secrets pour elle, qu'il ne désirait pas
susciter en elle trop d'espoirs, que lui dire la vérité
n'était en fait qu'une façon de la courtiser. À aucun
moment il ne s'était montré importun ; elle sentait que
c'était par pudeur et non par une sorte de refus de la tendresse. Il ne voulait ni la séduire ni la presser ; il tenait
simplement à la mettre en garde, et c'était à elle de décider en toute liberté si elle voulait se donner à lui. Clarissa
savait que, même si elle s'abandonnait à lui de son plein
gré, elle prendrait tout de même une responsabilité, mais
elle sentait aussi qu'il aurait été vil de simuler une réticence alors même qu'elle ressentait un ardent désir pour
lui. Dans le même temps, elle éprouvait de la reconnaissance à son égard parce qu'il la libérait de l'oppres-
sion, de la crainte et des inhibitions qu'elle percevait au
fond d'elle-même, car en sa compagnie, cette solitude avec
elle-même et cette réserve allaient cesser. Au soir du quatrième jour, ils se trouvèrent, sans s'être laissés aller à
la moindre mièvrerie ou à des effusions exagérées.

Ils vécurent les semaines suivantes comme en dehors

du temps. Ils avaient longé à pied les rives du lac de Côme après avoir expédié à l'avance leurs maigres bagages. Ils voulaient être libres : de toute façon, ils se savaient liés par leurs obligations. Un jour, ils se chamaillèrent : était-on mercredi ou jeudi ? Ce fut leur seule dispute. «Si nous n'étions pas obligés de prendre des trains, je n'aurais pas besoin de remonter ma montre. Le temps et les calendriers constituent déjà une contrainte.» Comme leurs moyens n'étaient pas considérables, ils passaient les nuits dans de modestes auberges et de petites localités ; Léonard lui avait expliqué qu'ils devaient avant tout éviter les grandes villes. Les musées et les bibliothèques n'étaient pas ce qu'il recherchait : il voulait voir les petites gens dans les petites villes. C'est là qu'ils allaient, et non à Bellagio ou à la Villa d'Este ; ils séjournaient dans les villes de soyeux où jamais aucun étranger ne s'aventurait et où il n'y avait en fait rien à voir. C'est là, dans les petites auberges, qu'ils se sentaient à leur aise. Pour lui, il était important par exemple de parler au cordonnier, de visiter l'école du village. Ils jetaient un coup d'œil à l'intérieur des maisons. Ils demandaient aux gens combien ils gagnaient. Ils parlaient avec les vignerons. Ils s'asseyaient avec eux devant les maisons. «Ils font partie de l'ensemble. C'est pour cette raison qu'on ne se moquera pas de toi quand tu rentreras chez toi sous prétexte que tu n'as rien vu de l'Italie, ni la chartreuse de Pavie, ni l'Académie de Venise. Ils ne sauront pas où nous sommes allés. Ces petits villages ne sont pas importants. Moi aussi je veux les oublier. Pour moi, ils ont tous nom "Partout". Ce ne sont pas les morts illustres qui font la valeur d'un pays. Ce sont les gens qui y vivent. Mais certainement pas les plus grands et les plus éminents d'entre eux : c'est à travers les anonymes qu'il se perpétue. Je les cherche partout. Je crois en effet qu'il est faux de rechercher l'extraordinaire, dit-il. Il est des critères qui sont inadéquats. Ravenne, la cathédrale, Leonardo, voilà tout ce que les guides touristiques marquent d'une étoile. Ici aussi, nous sommes passés à côté des puissants. Car le vrai, c'est l'anonyme, l'homme simple, l'individu, ce qui fait que nous sommes ce que nous sommes.» Ils prirent des notes, firent des promenades, et lui tenait un journal. «J'y consigne ce que je vois. Les petites choses. Je fais cela depuis dix ans. Après, j'apprends beaucoup grâce à ces fragments. C'est ce que faisait aussi un homme nommé Samuel Pepys, en Angleterre. Ces notes ont une valeur inestimable. Peut-être plus que les grands discours et les gros livres, car eux ont des secrets à défendre ou à cacher; mais nous, nous avons le devoir de dévoiler. Nous, c'est-à-dire les petites gens, nous pouvons nous offrir ce luxe, le luxe de la vérité. Car c'est le détail qui fait l'Histoire. C'est là que se trouve la véritable substance. C'est comme un livre de compte familial. Quiconque n'est pas productif doit agir par son ardeur au travail et sa minutie. Là aussi, cela peut servir.»

Clarissa n'avait jamais connu pareil bonheur. C'était l'honnêteté et la droiture telle qu'elle l'avait connue chez son père : elle l'avait vécue et s'en était imprégnée. Elle apprenait à comprendre, elle apprenait à prendre toute chose avec légèreté. Ce faisant, elle ne développait aucune sorte de vanité, mais plutôt une forme de gaieté, cette gaieté qui se nourrit de l'assurance. Elle faisait même la cuisine. Où qu'ils aillent, ils prenaient le temps de se retrouver. «Ne pas penser une heure durant! Ce n'est pas une heure perdue.» À présent, vivre était son plus ardent désir (son professeur aurait souri en entendant cet aveu). Son père était dévoré par le désir de servir; il n'avait d'autre ambition que de s'effacer lui-même. Clarissa apprit que Léonard avait écrit deux livres et qu'il travaillait à un troisième; il ne les avait pas publiés sous son nom; personne, dans sa ville, ne savait qu'il était Michel Arnaud. Cela correspondait à son refus de l'ambition. En toute chose, il y avait chez lui une sorte de constance. Le soir, il lui racontait des histoires ou lisait des extraits de Montaigne. «Chaque homme a son auteur préféré. Montaigne est celui qui m'a éduqué, qui m'a aidé. C'est l'homme avec lequel je me sens en parfaite harmonie. Pascal était plus profond, Balzac avait plus de génie, mais aucun n'était plus humain, personne mieux

que lui ne comprenait l'Homme, celui de tous les jours.»
Quand ils trouvaient un piano, ils se jouaient des morceaux.

Les semaines passèrent comme si les choses avaient été ainsi de tout temps, comme s'ils se connaissaient depuis toujours. Tout semblait différent pour eux, désormais. Lui était plus gai, plus serein. Elle parlait avec plus de légèreté. Sa démarche était devenue plus souple. Elle était plus libre. Pour la première fois, elle s'ouvrait véritablement au monde.

Ils ne connaissaient aucun souci, rien que la gaieté; ils savaient rarement la veille où ils iraient le lendemain. Ainsi, ils s'asseyaient parfois devant l'échoppe d'un cordonnier, parfois dans une *trattoria*. Ils n'achetaient aucun guide, aucun plan. Clarissa ne parlait pas la langue du pays. Ils auraient pu essayer de discuter avec le curé ou le pharmacien, mais ils évitaient même ces gens-là. «Sinon, nous ne vivons pas. Le temps, c'est de la vie. Cela suffit pour déranger les gens, disait-il. Laissons-nous vivre.» Comme ils ne lisaient pas de journaux, ils ne savaient pas ce qui se passait. «Cela reviendrait déjà à nous imposer une contrainte.» «Avoir une fois seulement dans sa vie le sentiment d'être aussi libre que si l'on nageait dans un lac. Détaché de tout. Du temps, du monde.» «Je pourrais être comme quelqu'un qui voyage à dos d'âne.» C'était donc cela qu'il souhaitait. «Tu penses à quelque chose qui n'est destiné qu'à toi tout seul. – Non, répondait-il, je pense aussi à toi. Et à une vieille grand-mère, une paysanne – voilà une chose que ma femme n'a jamais comprise –, une femme aux yeux clairs, limpides. Elle serait heureuse. C'est étrange, je pense à tous les pauvres, à tous ceux qui ont peu de choses. Mais je pense aussi aux possédants. Pour chacun, je comprends ce qu'il veut, car je sais que chacun d'eux a en lui dès l'origine quelque chose qui le rend malhonnête.»

Pour s'amuser, ils se présentaient sous un nom différent dans chaque auberge où ils passaient la nuit, «afin d'oublier nous-mêmes notre nom». Avec lui, elle apprenait une foule de choses et pouvait à son tour lui en expliquer bien d'autres. Il lui lisait quelques extraits des *Essais* de Montaigne, de *La Chartreuse de Parme* de Stendhal. Il lisait bien ; elle sentait la chaleur de sa voix. Il avait lu également le mot *bonheur* en allemand, éprouvant ainsi pour la première fois ce que bonheur veut dire. Ainsi, il lui arriva de dire : « Te souviens-tu du jour où nous sommes allés nous promener à Antibes… » tant l'idée qu'il avait toujours été avec elle lui semblait aller de soi. Parfois, elle n'arrivait pas à s'imaginer qu'elle ait pu vivre sans lui ; désormais, quand il lui arrivait de marcher seule, elle avait l'impression de ne pas être tout à fait elle-même. Ce n'était pas la sensualité, la sexualité qui les liait l'un à l'autre. Elle aimait ses étreintes tendres et pleines d'égards. En elles aussi, il y avait de la gratitude.

*

C'est par hasard, en passant devant la vitrine d'un barbier à Brescia, qu'ils se rendirent compte qu'ils voyageaient depuis trois semaines, car ils n'avaient ni calendrier ni journaux. Lui voulait se faire couper les cheveux, car sa barbe était devenue très drue. « Nous devons être fin juillet. Je n'ai entendu aucune nouvelle et je ne me suis occupé de rien. » Pour la première fois, elle se souvint qu'elle devait se soucier de son courrier. Elle avait régulièrement écrit à son père, d'abord une lettre de Lucerne dans laquelle elle lui racontait son séjour et lui annonçait aussi le début de son voyage. Plus tard, elle lui avait écrit encore une fois de Desenzano, de même qu'au professeur Silberstein, pour lui communiquer son adresse jusqu'à la mi-août ; elle croyait alors que cela suffirait et avait indiqué comme adresse « Milan, Poste restante ». Ensuite, ils s'étaient rendus au lac de Côme. Ce furent des journées pluvieuses. Même à Milan il avait plu toute une journée. Elle se souvenait de Côme, de Pavie et de Milan. À présent, ils erraient dans les rues à la recherche d'une poste, et au guichet l'attendait effectivement une lettre. Elle reconnut l'écriture claire et droite de son père. Sa lettre venait de Berlin. Elle était brève : «Les événements rendent urgent mon retour à mon ancien poste. D'ici peu, tu en comprendras clairement les raisons. Je reste prêt à rentrer en Autriche à tout moment. Il me faut te déconseiller de trop t'éloigner.» Les lettres, tout comme les télégrammes, avaient quelque chose d'effrayant pour Clarissa. Elle tenait cette missive entre ses mains, sans comprendre. Elle regarda la date : quinze juillet. «Qu'est-ce qui t'inquiète ?» lui demanda Léonard en s'approchant d'elle, car il savait interpréter chaque expression de son visage. Elle lui tendit la feuille et lui traduisit le texte.

«Je ne comprends pas, dit-il, pourquoi es-tu si pâle ?» Et elle répondit à voix basse :

«Mon père était autrefois à l'état-major. Il dirigeait des services importants, si bien qu'on l'a rappelé. S'ils ont besoin de lui à Vienne, c'est que la situation est grave.»

Ils sortirent sur la place de la cathédrale et achetèrent un journal allemand. C'était le premier qu'ils lisaient depuis des semaines, et Léonard en acheta un français. La nervosité commençait à la gagner.

«Les Russes mijotent quelque chose. On prépare soi-disant la mobilisation générale.»

Léonard eut un rire sarcastique.

«Et ici, on peut lire que l'Autriche mobilise et fait de la provocation : c'est la même chose, toujours la même chose. C'est Mme Kutschera et la Serbe. Les uns sont des assassins, les autres des oppresseurs. Est-ce pour cela que nous avons vécu au milieu du peuple, pour savoir qui va opprimer, qui va assassiner ?

– Crois-tu qu'il va arriver quelque chose ?

– L'Autriche a adressé un ultimatum à la Serbie.

– À présent, je comprends pourquoi mon père est allé là-bas. Il n'aura pas besoin de revenir s'ils l'appellent.

– Il ne faut pas oublier que ton père fait partie de ceux qui contribuent à préparer la guerre, qu'il la projette depuis des années. Non, je n'ai rien dit. Tu n'y peux rien, tu n'es pas responsable. Personne n'est responsable.

Sauf ces gens-là, les menteurs, ceux qui attisent la haine et excitent les gens. »

Ils restèrent assis là pendant un moment. Dans la rue, les gens passaient à côté d'eux.

« Que devons-nous faire s'il arrive quelque chose ? Il faudra que je rentre. Et toi ?

– Moi aussi.

– Tu crois que la France va entrer en guerre ? En cas de conflit, elle ne sera qu'un pion, ou un fou dans une partie d'échecs, même si elle n'est pas conçue comme telle. Derrière tout cela se cache la Russie, derrière tout cela il y a les hommes qui font sa politique, cette bande de vauriens.

– Je ne veux pas y penser. Rien au monde ne m'est plus indifférent. Mais il faut bien se défendre. Surtout les socialistes. Ce sont eux qui détiennent *L'Humanité*. Vu ce que je suis, je ne leur serai pas d'un grand secours. Je ne veux être qu'un cordonnier, rien de plus. Mais par là aussi on donne un exemple. Quoi qu'on fasse, on est pris au piège. Tu vois, c'est comme cela qu'on est puni. Le peu de choses que l'on a fait dans sa vie est une entrave. Le simple fait d'enseigner est une contrainte. Il faut savoir se dépasser soi-même en tant qu'individu. Que possédais-je donc quand je ne te connaissais pas encore : j'étais tout seul. À deux, on tient tête au monde.

– Et si… Tu crois que cela durera longtemps ?

– Qui sait. Ferme ce journal. Allons à l'Ambrosiana et regardons les dessins, les tableaux et les livres. »

Plus tard, dans une église, il contempla l'autel.

« En fait, on ne voit rien.

– Je ne sais pas… » dit-elle, comme s'il y avait un obstacle entre eux. « As-tu peur ? »

Elle le regarda. Il répondit d'un ton franc et sincère :
« Oui. »

*

À partir de ce jour-là, les choses ne furent plus comme avant. Désormais, ils n'avaient plus envie de voir les gens autour d'eux. Tout semblait terne. Il n'y avait plus de lumière. Seul le journal parlait. Les lettres, les titres vous sautaient au visage quand vous y jetiez un coup d'œil. « Pourquoi suis-je venu ici au juste ? » se demandaient-ils tous les deux. Ils tournaient en rond. Ils tentèrent une fois encore de se changer les idées, y compris en retournant là où ils étaient déjà allés. Le soir, ils rentraient. Quelques jours auparavant, ils étaient encore assis là, au bord du lac. Comme il pleuvait, ils étaient rentrés. Ils ne savaient pas à quel point la situation était grave. « Nous aurons vécu six jours de plus ! À présent, nous vivons en fonction des exigences du temps. C'est une chose qui nous est étrangère. Nous ne sommes plus seuls. Quand nous étions seuls, toi et moi, nous étions le monde à nous deux, et il semblait être grand et généreux comme jamais il ne l'avait été auparavant. » « Oh ! si seulement nous avions eu huit jours de plus pour nous, pour vivre notre vie au lieu de nous contenter de la subir ! » Les journées leur semblaient toujours plus sombres. Mais les nuits les trouvaient tendrement enlacés. Elle se serrait contre lui. Elle s'agrippait à lui. Leurs deux corps blottis l'un contre l'autre. C'était tout pour eux ; leurs corps unis étaient le monde. Dehors régnait la nuit, une nuit pleine de dangers. Il y avait là quelque chose qui voulait les arracher l'un à l'autre. Même leur sommeil changea.

Soudain, Clarissa eut froid. Dans son sommeil, elle avait probablement pensé ou rêvé à quelque chose de précis. Sans doute l'inconnu, le mal. Et puis le sommeil ressemble toujours un peu à la mort. Elle s'éveilla, regarda Léonard. Il était profondément endormi. Elle contempla son cou, juste son cou, si beau. Là, il y avait la vie. Les poètes ont senti cela. Soudain, elle se souvint qu'un événement s'était produit. La peur revint. Il fallait qu'elle fît quelque chose. Instinctivement, elle se dirigea vers la fenêtre. En face, il y avait une église. Elle vit de vieilles femmes se signer en passant. Oh, elle aussi devrait aller à l'église. C'est ce qu'on lui avait inculqué. Elle ne savait pas si elle le voulait vraiment, mais par ailleurs, elle y était habituée. Elle resta devant la fenêtre. «Fais que cela ne soit pas», dit-elle dans sa prière. C'était peut-être absurde, mais cela faisait du bien. C'était un écho, c'était son moi.

Elle revint dans la chambre. Il s'approcha d'elle immédiatement, il se précipita même vers elle, et la regarda d'un air affolé.

«Où étais-tu?

– Ne me pose pas de question», répondit-elle.

Elle était pâle. Il avait peur.

«Je me réveille, et tu n'es plus là. Jamais de ma vie je n'ai eu une telle frayeur. Je me suis senti abandonné. C'est à cet instant seulement que j'ai vraiment ressenti ce que tu représentes dans ma vie et ce que signifierait pour moi une séparation! Cet instant m'a ouvert les yeux. Ce réveil sans te voir près de moi était déjà horrible.

– Non, je ne te quitterai pas une seule minute. Pas tant que je le pourrai. Jamais. Je resterai toujours avec toi. Ici-bas et dans l'au-delà. Pour toujours.»

Ils descendirent dans la rue. Ils virent les premiers vendeurs de journaux. Ils se dirigèrent vers eux. Ils attendaient une nouvelle; ce n'était pas de la curiosité, c'était comme une obsession. «Cet homme, là-bas, vend notre vie. Ce qu'il crie, c'est notre vie. C'est cela qui va déterminer si nous aurons le droit d'être heureux ou non.» Léonard acheta un journal. «Qu'y a-t-il?» Il ne répondit pas. Elle insista. «L'Autriche a déclaré la guerre à la Serbie», dit-il.

Ils firent quelques pas en silence. Ils avaient l'impression que le sol s'enfonçait sous leurs pieds. Non loin de là, dans la Galleria Vittorio Emmanuele, il y avait un café. Il vit qu'elle avait pâli. Ils s'assirent.

«Vas-tu devoir rentrer? lui demanda-t-il.

– Il faudrait, mais je ne le ferai pas. Non. Tant que tu resteras avec moi. Mon père ne le comprendra pas. J'irai avec toi où tu voudras, même en France. Je suis une femme. La loi est sage. Elle demande à la femme de suivre l'homme auquel elle appartient. Elle n'est pas obligée de rentrer dans son pays. Son devoir de femme lui dit où est sa véritable place.»

Il resta silencieux et fit des dessins sur le sol devant lui avec sa canne.

« Pourquoi ne dis-tu rien ? Y a-t-il quelque chose que tu ne trouves pas prudent ? Dois-je partir ?

— Non, dit-il. Mais on n'en restera pas là si nous sommes entraînés dans la guerre. Je suis soldat. Ce ne serait encore rien. Je pourrais devenir brancardier. Mais je déserterais probablement. Et je ne pourrai pas t'emmener avec moi. Je ne peux pas laisser les autres être des victimes et être heureux moi-même. Je ne peux pas déserter, ce serait un crime. Mais en même temps, j'aimerais tant être heureux. Peut-être les choses seront-elles plus faciles sans toi. »

Clarissa sursauta.

« Tu veux dire que la France va…

— À quoi sert ce que nous pensons ? Qui sommes-nous ? Les grands de ce monde disposent de nous comme bon leur semble. Il nous faut attendre. Notre vie ne représente pas beaucoup d'énergie, un peu comme cette cendre qui couvre le sol là-bas. Le moindre souffle de vent l'emporte. Ils ne nous laisseront pas vivre ensemble. Mais nous nous défendons encore. Les socialistes sont les seuls qui maintiennent encore la cohésion du peuple. C'est ce qui nous montre que nous avons encore quelques personnes en France, nous avons Jaurès, c'est un soutien pour nous. Maintenant, les empereurs télégraphient. J'ai le sentiment qu'ils commencent à avoir peur. L'angoisse s'est emparée du monde entier, à présent. Rien ne peut plus nous aider. Aucune sagesse. »

Pendant ces journées, se promener dans les rues n'avait guère de sens.

« Que devons-nous faire ?

— Rebroussons chemin. Retournons au lac de Garde. Retournons à chaque endroit. Une fois encore, afin que nous sachions bien. Car ce que l'on possède n'est pas perdu. Remémorons-nous une fois encore tout ce que nous avons vécu, fixons une fois encore tout ce que nous avons vu ici. Il ne nous restera peut-être rien d'autre que le souvenir de cette période. »

Ils repartirent. Ils revirent une fois encore tout ce qu'ils avaient vu. Mais les gens étaient différents, et eux-mêmes avaient changé. Il leur restait les nuits bercées par le murmure du lac dans l'obscurité et le clapotis des vaguelettes. Un oiseau lança son cri. «Est-il possible qu'il existe tant de beauté? Est-il possible que tout cela puisse se terminer dans l'absurde? N'importe quel arbre a sa signification. Tout a été pensé. Chaque fleur se protège à l'aide de ses feuilles. La pluie tombe et abreuve la terre. Tout fait partie d'un ordre supérieur. Et tout cela pourrait être détruit!» Le lendemain matin, on apprit l'assassinat de Jaurès.

Ils se rendirent ensemble à Zurich. C'est là que leurs chemins divergeaient. L'un menait à droite, l'autre à gauche. Si la déclaration de guerre survenait, lui devrait retourner en France, elle en Autriche. Le monde les séparerait alors.

Quand la nouvelle arriva effectivement, quelque chose se pétrifia entre eux. Tous deux eurent honte d'être si faibles. Ils ne voulaient pas se montrer leur tristesse. Chacun croyait pouvoir donner à l'autre l'illusion de sa force. Ce fut la première fois qu'ils se mentirent. Elle ne lui demanda pas de partir ou de rester. Elle voulait qu'il conservât sa liberté.

«Il faut que je rentre.

– Oui, je comprends. Il faut que tu rentres.»

Le ton de sa voix était presque froid. Elle ne voulait pas lui rendre les choses encore plus difficiles, il ne voulait pas lui rendre les choses encore plus difficiles. Deux hommes, à côté d'eux, faisaient du scandale à cause de leurs valises et s'énervaient; deux êtres, debout en silence l'un à côté de l'autre, se disaient: «Cela passera.» Quelqu'un lança une injure quelconque. Ils s'éloignèrent de quelques pas. «Je voudrais que tu me donnes un portrait de toi, car je n'en ai pas.» Ils prirent congé l'un de l'autre. En silence, vaillamment. Léonard retourna à la voiture pour y prendre son Montaigne; elle savait que c'était le livre qu'il aimait par-dessus tout. Il le lui donna. Il l'ouvrit à la première page et y écrivit de sa main la date du 1er août 1914.

Septembre, octobre,
novembre 1914

Plus tard, Clarissa ne se souvint pas des péripéties de ce retour. Elle voyait tout comme à travers un voile de brume. Partout, les murs étaient couverts d'affiches. Elle ne les regardait pas. Elle vivait tout cela comme quelque chose qui lui était totalement étranger. Des gens se bousculaient pour monter dans le train, des recrues décorées de rubans et portant des drapeaux ; tous les gens autour d'elle étaient bruyants et surexcités. Ils avaient des yeux brillants, ils fraternisaient. Dans les gares, de jeunes garçons ; elle ne regardait pas par la fenêtre. Les vendeurs de journaux criaient ; mais elle était manifestement le seul être qui ne savait rien parce qu'il ne voulait rien savoir. Les roues du train, sous ses pieds, ronronnaient : tout est fini, fini, tout est passé, passé.

Puis, soudain, elle se retrouva dans sa chambre d'autrefois, à la maison ; elle ne savait pas comment elle était arrivée jusque-là. Un aide de camp lui avait ouvert la porte, avait dit quelque chose, probablement que le général allait venir ; elle ne savait pas exactement ce qu'il lui avait dit. Il y avait un fauteuil dans sa chambre, et elle s'y laissa tomber, comme étourdie. Elle ne parvenait pas à avoir les idées claires. Quelque chose était en train. Et c'était la guerre. Quelque part dans les Carpates. Ou bien ce n'était pas vrai, ou bien les semaines des combats étaient passées depuis longtemps.

Elle ne savait pas non plus quel jour on était, ni l'heure, si c'était le soir, s'il faisait nuit ; elle entendit la porte tourner sur ses gonds, dehors. Elle reconnut le bruit de pas de son père. Elle se leva et alla à sa rencontre. Il lui sembla épuisé et soucieux : il avait vieilli, ses cheveux étaient devenus gris. Il se raidit quand il la reconnut et l'embrassa d'un air grave. «C'est bien que tu sois venue aujourd'hui. Édouard part au front demain. Il passera tôt le matin pour faire ses adieux.» Un silence suivit. «Nous devons nous attendre au pire, dit-il d'une voix grave. Cela durera longtemps, et un autre monde surgira de cette guerre. C'est pour cela que j'ai vécu, pour cela que j'ai travaillé. Maintenant, la guerre va vraiment venir. Je me demande bien de qui seront ainsi exaucés les vœux. Enfin…» ajouta-t-il en s'asseyant à sa table de travail. Quand il s'installait à son bureau, cela signifiait qu'il voulait encore travailler et ne pas être dérangé.

«Bonne nuit», dit-elle à voix basse.

Il leva les yeux une fois encore.

«Que vas-tu faire, à présent ? lui demanda-t-il. Reprendras-tu ton ancien emploi ou seras-tu volontaire pour le service sanitaire ?»

Elle réfléchit. Elle n'y avait pas encore songé.

«Je ferai comme tu le souhaiteras. Peut-être auras-tu besoin de moi ici.

– Non, dit-il calmement. C'est au front qu'on aura besoin des meilleurs. Il faut choisir la difficulté, sinon on ne le supporte pas.»

Elle baissa la tête et sortit. Elle n'avait pas pensé à cela. Elle n'avait voulu ni penser ni évaluer les choses. Il faut surmonter le temps en lui survivant. Grâce à Dieu, il y avait assez de travail ; et plus il y en avait, mieux c'était. Tout était clair pour elle. Il fallait trouver refuge quelque part. Plus c'était difficile, mieux c'était.

Son frère arriva le lendemain matin. Il avait mis son ceinturon. Il donnait une impression de virilité. Dans son visage juvénile et gai, il y avait de l'intransigeance. «Nous sommes fin prêts et nous piaffons d'impatience. Tu peux compter sur nous, nous les battrons, ces bandits, ces Serbes. Nous les réduirons en purée. Et ensuite, on passera aux Français. Ce sont eux qui ont manigancé tout cela. Nous viendrons à bout de ces misérables, de ce peuple dépravé.»

Une douleur aiguë traversa Clarissa. Elle pensa aux maîtres d'école, à ces braves gens, avec leur air ridicule. Elle ne pensait qu'à Léonard. Le coup était rude. Il lui semblait qu'elle devait le défendre, se défendre elle-même. Mais cela n'avait pas de sens, elle le savait. Pourtant, elle aurait eu l'impression de trahir si elle n'était pas intervenue à cet instant.

«Laisse», dit-elle en posant sa main sur l'épaule de son frère, et c'était comme une instante prière. «Ils savent tout aussi peu que vous à quoi rime tout cela.»

D'une voix tranquille, son père lui dit :

«Ne parle pas de politique.»

Mais Édouard s'emporta :

«Quoi? Ils ne le savent pas?

– Que Dieu décide de tout cela.

– Tu n'y connais rien! Ils nous ont agressés. Maintenant, ils comprennent à qui ils ont choisi de s'en prendre, ces beaux parleurs. Voilà dix ans qu'ils s'agitent. Mais nous leur donnerons une leçon qui leur en fera passer l'envie pour les cinq siècles à venir; il faut les empêcher une fois pour toutes d'avoir envie de se battre.»

Clarissa se détourna. Elle eut soudain l'intuition qu'elle allait se retrouver seule pour des années et des années. Elle devrait dorénavant se taire, se taire encore et toujours. Elle ne pourrait se confier ni à son père ni à son frère. Elle serait seule partout, partout elle resterait seule avec son secret. Pour la première fois, cette idée l'effraya. Il n'y avait rien ni personne, ici, qui lui importât vraiment – ni son père, ni son frère, ni la maison, ni son pays. Tous avaient quelque chose contre elle. Le père embrassa son fils. Clarissa se souvint qu'il allait au-devant de la mort. Et pourtant, ce n'était pas à lui qu'elle pensait; elle pensait à cet autre, qui était tout pour elle.

*

Le lendemain, Clarissa se porta volontaire pour le

service sanitaire en indiquant qu'elle ne désirait pas être affectée dans un établissement viennois, mais dans un hôpital de campagne, sur le front, conformément au vœu de son père. Elle devait informer le professeur Silberstein, qui était revenu de Londres en toute hâte avec le dernier train, qu'elle devrait abandonner son emploi; à son grand étonnement, il approuva sans réserve sa décision, sans avoir cependant les motivations patriotiques habituelles. «Mon cabinet privé ne m'intéresse pas en ce moment, lui expliqua-t-il. Je vais malheureusement recevoir à présent de la matière pour mes études sur les psychoses chroniques de l'humanité. La plus grande salle de concert ne suffirait pas pour contenir tous ceux qui sont en train de devenir fous, et elle serait trop petite également pour recevoir les patients de mon cabinet. À présent, ce ne sont pas des individus isolés qui perdent la tête, en fait, c'est tout le monde; quand je rencontre quelqu'un qui me parle d'"ennemis" et que son regard s'éclaire d'une lueur agressive, il me semble que je ferais bien de le prendre en consultation. Les hommes les plus pacifiques ont soudain un complexe de haine et se mettent à voir et à parler comme des fous. Chaque professeur devient un veau, et plus il vieillit, plus il devient bête. Vous avez bien raison, Clarissa, de ne pas rester à Vienne. On ne peut pas s'enfermer dans son cocon, à l'heure qu'il est, comme si l'on vivait dans un autre siècle, au sein d'un autre peuple. On ne peut pas se neutraliser de force. Il n'y a qu'une seule possibilité de conserver une attitude normale et humaine face à la guerre : c'est d'aller la voir et de ne pas se contenter de la description qu'en donnent ces fauteurs de guerre qui ne mettent pas le pied au front. Tout autre comportement signifie tout simplement qu'on se laisse abuser et griser.» Clarissa remarqua son ton amer. Elle le regarda et se rendit compte qu'il avait vieilli; ses gestes étaient plus nerveux. Il pensait à son fils qui se trouvait lui aussi au front. «Je puis affirmer que je suis fier, fier des autres, mais je ne peux pas en dire autant de moi-même. Ils ont de la chance, eux, ils agissent bien. À présent, faire un lavement à l'un de ces êtres sacrifiés ou lui donner un verre d'eau a plus de sens que tout ce que nous autres, les soi-disant savants, pouvons faire tous ensemble. Vous verrez que toutes les théories – qu'elles soient militaires, économiques ou philosophiques – se désavoueront d'elles-mêmes parce qu'elles se fondent sur la logique. Et comme la guerre est totalement dépourvue de logique, ces théories courent toutes à l'échec ; tout ce que j'ai constaté dans mes travaux est vraisemblablement faux. La seule chose qui soit vraie – terriblement vraie – c'est ce que vous allez voir, et si vous notez ici ou là vos observations sur les troubles que vous constaterez, vous m'aiderez plus qu'en travaillant à ma cartothèque, parce que vous avez en vous quelque chose que je sais être honnête. J'aimerais pouvoir être aussi utile que vous ; aider un seul être humain est peut-être plus efficace que d'aider cette patrie, très en vogue de nos jours, et ce que l'on a coutume d'appeler l'humanité – d'ailleurs, on devrait lui retirer ce beau nom pendant la durée de la guerre : elle ne le mérite pas. »

Il la regarda d'un air dubitatif.

« En fait, je ne devrais pas parler de cette façon à la fille d'un général. Je ferais mieux de rédiger des brochures et des articles de guerre, comme ces messieurs mes collègues. Mais je souffre d'une obsession : la guerre est un crime et une bêtise. Je ne veux pas vous influencer. D'ailleurs, j'ai l'impression que je vais finir par mettre ma vie en danger à force de tenir de tels propos. Je suis peut-être infecté parce que je rentre à peine d'Angleterre, de chez les "ennemis". Je ne vois peut-être plus les choses avec lucidité. Il y en a certainement d'autres qui ont un fils : un Serbe, un Russe. Mais maintenant, on ne peut et ne doit voir les choses que comme Elle, comme la Guerre. Je ne peux rien y changer, au bout de trente ans, il n'existe pas pour moi de reins français, russes ou autrichiens, et on ne peut distinguer les ennemis à partir de leurs particules sanguines ; je ne puis être que là où se trouve un malade et où je peux apporter mon aide. Ce n'est pas l'humanité triomphante qui a besoin du médecin, mais celle qui souffre. Je ne peux ni ne veux accepter autre chose. Moi, je me suis éreinté ma vie durant à aider des individus, alors qu'eux, dans leurs rapports militaires, ils se réjouissent d'avoir totalement anéanti six divisions. Il serait plus pratique – et recommandé – de s'adapter ; mais je suis trop fatigué pour avoir cette forme-là d'esprit pratique. Pourtant, si je parvenais à comprendre mon fils, je le ferais peut-être. Enfin, il vaut mieux pour vous que vous ne travailliez pas avec moi ; ma compagnie pourrait devenir dangereuse ; chacun doit prendre ses décisions en conscience. Tout homme qui refuse de hurler avec les loups se retrouve tout seul. »

Il lui tendit la main et la serra longuement. Clarissa eut l'impression qu'il ne voulait plus la lâcher. Elle se rendait compte qu'il était ébranlé, et dans le miroir de son visage, c'est elle-même qu'elle entrevit. Elle éprouva le besoin de se confier à lui.

« Professeur... Je... Je voulais vous dire simplement que je pense tout à fait comme vous. Il suffirait que l'on... Je veux dire que nous tous... nous devrions faire preuve de plus de courage, à présent. »

Il la regarda. Il semblait atterré.

« Vous avez raison. Nous devrions faire preuve de plus de courage. Il est trop facile de parler et de penser à l'abri de portes closes. Peut-être me l'avez-vous rappelé au bon moment. »

Il se dirigea prestement vers le bureau, se mit à fouiller dans un tiroir, avec des gestes brusques et nerveux, jusqu'au moment où il trouva une enveloppe déjà cachetée. Il l'ouvrit, en sortit une feuille, la lut rapidement et se mit à rire. « Tenez... J'ai reçu cela aujourd'hui. » Il déchira la feuille en menus morceaux qu'il jeta dans la corbeille à papiers. « C'était un manifeste signé par des intellectuels allemands et autrichiens. Nous devions témoigner aux yeux du monde que nous sommes innocents, que nos pays ont été attaqués par la France et la Russie. Je l'ai signé parce que... j'ai un fils... Non, vous me connaissez ; en fait, on veut participer, on ne veut pas manquer à l'appel des noms illustres... Vraiment, vous êtes arrivée au bon moment. Vous, vous réagissez normalement. Vous m'avez évité de faire une bêtise.»

Il déchira l'enveloppe et la jeta elle aussi dans la corbeille à papiers.

«Vous me manquerez. Il y a quelque chose en vous qui rend les gens plus sincères, et de nos jours, c'est plus important que tout. Non», ajouta-t-il et, comme chaque fois qu'il avait honte d'être ému, il tenta de retomber dans le ton de la plaisanterie, sans toutefois y parvenir complètement, «je vais essayer la télépathie, bien que je n'y croie pas d'une façon générale; cela peut vous aider de savoir qu'il y a quelque part quelqu'un devant qui on devrait avoir honte de faire ou de ne pas faire telle ou telle chose. Cela vous aide à surmonter bien des situations.»

Il fallait donc penser à quelqu'un, se dit Clarissa; il suffisait de penser très fort à quelque chose qui concernait cette personne et de le souhaiter ardemment, et cela se produisait. Que dirait-il…

«Oui», murmura-t-elle avec un profond soupir, comme si elle s'adressait à Léonard, si bien que le professeur Silberstein la regarda d'un air un peu étonné. Et elle eut immédiatement le sentiment qu'il se doutait de quelque chose. Elle prit congé de lui et se rendit à l'hôpital.

*

Au début, l'hôpital de campagne dans lequel Clarissa fut affectée – un ancien lycée – se trouvait à plus de cent kilomètres du front. À mesure que l'armée autrichienne reculait, la distance diminua tandis que l'afflux des blessés augmentait; toutes les prévisions s'étaient révélées fausses. Il y avait trop peu de lits, trop peu de médecins, trop peu d'infirmières, trop peu de pansements, trop peu de morphine; tout était emporté par les flots abominables du malheur. La capacité de l'hôpital avait été évaluée à deux cents lits; à présent, il y en avait sept fois plus. On en avait même placé dans les couloirs. On arrivait encore à caser les officiers dans leurs chambres, de même le personnel administratif. On ne pouvait plus balayer les sols, car il n'y avait plus personne pour le faire. Maintenant, la place manquait partout. Les blessés légers devaient rester allongés sur leurs civières, sous les trains, jusqu'à ce qu'un lit se libère, à la suite d'une guérison, mais le plus souvent à la suite d'un décès ; certains pouvaient rester dans les trains, qui n'étaient pas chauffés ; au cours des premières semaines, il n'y eut pas un seul jour de congé, pas une heure de repos. Quand les convois arrivaient, de nuit, on déchargeait les blessés à la lumière des torches ; les brancardiers, épuisés, pouvaient à peine s'allonger quelques minutes. Les médecins étaient en état de choc, incapables de remplir leur tâche. On ne devait pas changer les draps ; les instructions ne le permettaient pas. Et les blessés continuèrent d'arriver, toujours plus nombreux, pendant les premières batailles. Aucune chance de paix n'était en vue. L'échec était total ; parfois, on avait l'impression qu'il n'y avait rien d'autre à l'avant que ces hommes qui geignaient, déliraient, criaient et mouraient. On eût dit qu'il n'y avait plus de gens en bonne santé, car les médecins, les infirmiers, que l'on surveillait, avaient les yeux rouges, et les inspecteurs s'énervaient et criaient ; tous s'époumonaient au téléphone ; une autre humanité était née. Le père de Clarissa avait prédit que seul un optimiste pouvait envisager de telles proportions ; en réalité, il fallait sept fois plus de munitions. On avait prévu des pertes, certes ; mais en fait, elles étaient quinze fois plus importantes. Quant aux convois que l'on envoyait plus loin, à l'arrière, ils tombaient en panne – faute de charbon.

Les mois d'août et de septembre furent les plus terrifiants. Les infirmiers et les médecins croulaient sous l'effort ; il arriva à Clarissa de ne pas changer de vêtements pendant deux jours d'affilée. Elle ne savait plus faire les gestes qu'il fallait et elle était épuisée, mais elle ne céda pas. Elle possédait un moyen secret qui lui donnait des forces ; c'était le désir de s'épuiser ; c'était une façon pour elle de terrasser sa peur. Surtout ne pas penser. Quand elle s'affalait enfin sur son lit, elle se sentait tomber dans un abîme. Elle possédait en elle-même cette force, cette opiniâtreté qui l'aidait. Dans la journée, elle n'avait pas une minute à elle, même pas pour se laver le visage ; elle s'impliquait dans sa tâche, si bien qu'elle n'avait même pas le temps de se changer, de lire le journal ou son courrier. Parfois, elle faisait un violent effort sur elle-même pour s'asseoir dans le fauteuil en se disant que c'était assez. Mais bientôt, une pensée lui venait à l'esprit : lui aussi est peut-être couché là-bas dans un lit et fixe la porte du regard dans l'espoir que quelqu'un vienne lui donner à boire et éponge la sueur qui coule sur son front. Elle se levait alors, les pieds douloureux et les genoux fatigués, et passait une fois encore de salle en salle ; ce faisant, il lui semblait qu'elle l'épargnait et le protégeait, lui, Léonard, et que c'était précisément à elle de le faire. Il était chacun de ces hommes. Chacun d'eux la regardait avec ses yeux ; le paysan ruthène ou polonais avait son regard. Et même s'ils ne le sentaient pas, ici, on les aimait, et à leur faiblesse, leur détresse, répondait de loin, comme en écho, une sorte de pur amour ; à travers chaque homme qu'elle sauvait, c'est lui qu'elle sauvait. À travers chaque homme qu'elle aidait, c'est lui qu'elle aidait. Elle travaillait jusqu'à l'épuisement, et au-delà, avec une énergie qui dépassait celle de son corps. Elle s'étonnait de voir qu'elle n'était pas gravement perturbée sur le plan humain. Être médecin, infirmier ici et rester en bonne santé lui semblait presque anormal. «Vous devriez vous ménager», dit le docteur, un aimable médecin de campagne originaire du Tyrol. «Il faut aussi penser à soi.» Elle sentit qu'elle n'avait de la force que lorsqu'elle s'oubliait elle-même et qu'elle pensait à lui.

Les choses s'améliorèrent en octobre. Les batailles – les premières, les plus sanglantes – étaient terminées, et l'horreur s'atténua ; novembre approchait ; l'organisation fonctionna de mieux en mieux à mesure que la guerre devint la forme la plus forte de la vie. On avait construit en dehors de la ville des baraques à un étage où l'on envoyait les soldats atteints de maladies infectieuses et où l'on avait installé le service d'épouillage et les bureaux ; l'hôpital lui-même fut réservé aux officiers, et désormais, son taux d'occupation était redevenu normal ; parfois même il n'était pas plein. Pour la première fois depuis le début de la guerre, on pouvait souffler un peu. Mais c'est à ce moment-là seulement que Clarissa ressentit les effets terribles du surmenage. Elle mesurait soudain toute l'horreur d'une organisation telle que cet hôpital. Les choses se déroulaient là comme après une catastrophe, après une explosion. C'était une véritable machine à guérir les gens. Elle avait pitié des hommes quand ils arrivaient, blessés, et elle avait pitié d'eux quand ils ressortaient. Elle savait que ce qu'elle faisait pour eux tous, elle ne l'accomplissait en réalité que pour un seul être. Il était tout pour elle, Léonard. Quand elle eut enfin sa première journée complète de liberté, elle prit la résolution de mettre un peu d'ordre dans ses affaires, d'écrire à son père, à son frère et à quelques amis, de rédiger des notes pour le professeur Silberstein ; elle dormit vingt-deux heures d'affilée, sans se réveiller. Mais la fatigue persista. C'était comme si la lassitude s'était incrustée dans son corps, comme si son sang s'était épaissi au contact des malades fiévreux ; elle dut s'asseoir. Les repas la dégoûtaient ; elle croyait sentir le goût de l'iodoforme partout et vomissait ce qu'elle avait mangé. Elle avait du mal à penser. « Je devrais prendre un congé », se dit-elle, mais elle eut honte en pensant à son père dont elle savait qu'il se forçait. Elle se traîna ainsi jusqu'au jour terrible du 19 octobre. Une fois encore, elle avait travaillé jusqu'à l'épuisement. Que se passait-il ? Un messager entra. Il lui apportait un télégramme de son père : « Édouard tombé en Serbie. » Elle perdit connaissance.

*

Quand elle revint à elle, elle était allongée sur un canapé. On avait posé quelque chose d'humide et de froid sur ses yeux. Elle l'enleva. Le médecin se trouvait à son chevet et la regardait à travers les verres épais de ses lunettes.

« Eh bien, mon enfant, vous sentez-vous mieux ? »

Clarissa tressaillit. Elle reconnut la chambre, de même que le médecin.

« Est-ce que je me suis évanouie ? demanda-t-elle.

– Oui, répondit-il. Mais cela ne veut rien dire. J'ai toujours appréhendé cela. Vous avez voulu trop en faire. Maintenant, reposez-vous. Je reviens vous voir tout de suite. »

Clarissa resta allongée. Elle voulait se souvenir de ce qui était arrivé. Se souvenir de son père et d'Édouard, son frère. Mais chaque fois, elle ne pouvait s'empêcher de penser à cet autre – plus qu'à son père. Elle se sentait oppressée. Le soir, elle voulut se lever et assurer son service. Le médecin vint la voir pour prendre de ses nouvelles. Quand il sut qu'on l'avait informée de la mort de son frère, il prit un air grave et lui présenta ses condoléances. « Ah ! Votre frère est tombé. Mes condoléances, toutes mes condoléances. Enfin, cela explique votre évanouissement. Je comprends. D'ordinaire, quand les femmes s'évanouissent, nous autres médecins pensons toujours à autre chose. Car la plupart du temps, c'est cela l'explication. Eh oui, on a du mal de nos jours à maîtriser ses nerfs. D'abord, j'ai cru qu'il s'agissait du cœur. Mais en voyant votre regard… Non, votre cœur bat très calmement. Reposez-vous encore une nuit, et ensuite, prenez deux ou trois jours de congé, j'y tiens. Le mieux serait que vous alliez rejoindre votre père. »

Clarissa garda le silence. Tout à coup, ses mains devinrent froides comme de la glace. Quelque chose, dans son cerveau, pesait vers le bas. La remarque anodine du médecin avait fait naître dans son esprit une idée qui ne la lâchait plus. Au cours de ces semaines où elle avait fait les efforts les plus insensés, elle ne s'était guère souciée ni d'elle-même ni de son corps ; à présent, elle commençait à se souvenir que quelque chose dans la vie de son corps s'était interrompu. D'une main tremblante, elle palpa son ventre, ses seins. Elle n'avait jamais pensé à cela. Elle ne bougea plus. Peut-être n'était-ce là qu'un hasard, et la raison pouvait en être le surmenage. Les tremblements reprirent ; d'habitude, elle n'avait jamais eu de difficulté à se maîtriser. Et si c'était vraiment arrivé ? Léonard avait fait preuve de la retenue la plus affectueuse, mais cette nuit où, à moitié endormis, à moitié abandonnés au désespoir, leurs corps s'étaient pressés l'un contre l'autre comme s'ils voulaient étouffer tout ce chagrin, chacun se serrant contre la poitrine de l'autre... Les tremblements persistaient ; elle tremblait même davantage. Il était impensable d'attendre un enfant d'un Français, l'enfant d'un ennemi, et en plus, de l'avouer ; en fait, elle ne pouvait pas le lui dire, il ne pouvait pas l'aider, il ne pouvait assumer pareille chose, elle ne pouvait pas l'assumer non plus, aux yeux de personne, ni de son père, ni de personne. C'était une situation inimaginable. Non, c'était impossible ! Cette incertitude était insupportable. Elle alla voir encore une fois le médecin et se contenta de dire : « Vous avez raison. Je n'en peux plus. Je prends huit jours de congé. Je rentre chez mon père. »

*

Comme Clarissa savait que son père serait déjà parti au bureau lorsqu'elle arriverait, le matin, qu'il ne serait donc pas à la maison, en tout cas dans la matinée, et qu'il ne rentrerait que le soir, elle n'hésita pas à déposer sa valise dans un café en face de chez elle. La peur, au fond d'elle-même, avait augmenté. Elle voulait être sûre. Depuis qu'elle y avait songé pour la première fois, elle croyait à cette possibilité. Elle demanda un annuaire et chercha le numéro d'un gynécologue. Elle ne parvint à joindre ni le premier, ni le deuxième, ni le troisième. Le quatrième exerçait dans un faubourg ; la petite salle d'attente lui sembla bien misérable. Elle dut patienter. Plusieurs femmes étaient arrivées avant elle. L'une d'elles était visiblement enceinte. L'attente lui parut interminable jusqu'au moment où il la reçut enfin. Elle le regarda à peine ; tout son courage avait disparu dans l'intervalle : ce médecin était son juge, il allait décider de sa vie ou de sa mort, son sort était entre ses mains. Il portait une barbichette, avait l'air souffreteux, avec des yeux aux cernes profonds. Clarissa trouvait déplaisant de lui montrer son corps que personne, excepté Léonard, n'avait vu ni connu encore, et de se déshabiller devant lui. Ses nausées, d'ailleurs, avaient cessé. Finalement, elle se retrouva allongée devant lui et ferma les yeux. Le médecin l'examina. Elle n'osa pas lui demander le résultat. «Ne vous faites aucun souci, chère madame, dit-il. Tout ira bien. Tout est aussi normal que possible. Vous avez une bonne constitution. Ce ne sera pas comme souvent à la naissance du premier enfant. Cependant, vous devrez respecter quelques principes d'hygiène de vie, oui.» Clarissa sentit qu'elle allait perdre connaissance. Il exprimait cette chose terrifiante comme si tout cela allait de soi, et cette insouciance l'irrita.

«Et il n'y a pas… le moindre doute possible ?

– Pas le moindre… Mais ne vous faites pas de souci, je vous l'ai dit, tout se passera à merveille. Dans quelques semaines, je contrôlerai tout cela», dit-il en lui tapant sur l'épaule pour la tranquilliser.

Clarissa, dévorée d'inquiétude, resta plantée au milieu de la pièce. Des pensées traversaient son esprit à la vitesse de l'éclair. Elle le vit saisir la poignée de la porte. Elle savait qu'elle voulait encore lui poser une question. Mais pour cela, il aurait mieux valu rester allongée. Cela permettait d'avoir l'esprit plus clair. Cependant, d'autres femmes attendaient dehors. Elle ne trouva pas le courage nécessaire. En outre, elle ne se sentait pas la force de parler devant cet homme. C'est en sortant, seulement, qu'elle se ressaisit… Connaissait-il un moyen pour éviter cela. Comment pouvait-elle y échapper. Était-il prêt à l'aider… Elle se cramponna à la rambarde. Il ne fallait pas qu'elle perdît connaissance, elle devait rester forte. Elle se traîna jusqu'à la maison. Elle pensait constamment à la même chose.

Le soir, elle entendit la porte d'entrée s'ouvrir. Elle avait oublié d'envoyer un télégramme à son père. Il ne savait pas qu'elle était là. À présent, il se trouvait dans la pièce voisine. Clarissa eut peur soudain d'ouvrir la porte. Mais elle aurait eu tort de ne pas le faire. «C'est moi, Père.» Il la regarda avec de grands yeux, et elle sursauta. Elle avait déjà vu beaucoup de choses, surtout beaucoup de souffrances au cours de ces dernières semaines. Mais l'homme qui se trouvait devant elle était devenu un vieillard. Il la regarda. «Ah, c'est toi», dit-il d'une voix rien moins qu'affectueuse. Il avait l'air déçu. Il pensait à son fils. À lui et à lui seul. Lui qu'il ne pouvait rappeler. Elle, il pouvait la voir, à tout moment, car elle était vivante. Mais lui n'était plus en vie.

Il se ressaisit. «C'est gentil à toi d'être venue», dit-il d'une voix atone, et alors seulement il s'approcha d'elle et l'embrassa. «Assieds-toi, reprit-il, l'air un peu absent. Je vais… je vais juste m'arranger un peu», dit-il avant de disparaître rapidement dans la pièce voisine. Elle le connaissait assez pour comprendre qu'il avait honte. Il craignait de ne pas être assez fort. Il revint au bout de quelques minutes et lui parla sans attendre.

«Je n'ai pas encore pu obtenir de renseignements plus précis. Simplement ce télégramme. Dans les Carpates… Enfin, là ou ailleurs… Ceux qui ne veulent plus continuer à vivre sont épargnés, et ce sont les autres qui sont frappés… Oui, la position la plus périlleuse… dans les Carpates, à un endroit où l'on ne peut venir à bout de l'ennemi qu'en lançant l'assaut. Kubianka, le chef du matériel, faisait sans cesse construire là-bas des fortifications en vue d'une percée… Il s'est adressé au Parlement pour obtenir deux millions… Que représentent deux millions de nos jours? Et il a construit une ligne de chemin de fer à voie unique depuis Kaschau… Pourtant, Conrad von Hötzendorff avait fait ses calculs, et ils ont fait passer la voie par Stryi et le long du fleuve Prout, et ils n'ont pas pensé qu'une machine pouvait aussi rouler en marche arrière, et quand on prenait la liberté de le leur faire remarquer, on se faisait traiter d'homme des statistiques… Que veux-tu, une offensive, cela se prépare.»

Son visage se figea, se durcit. Il ne semblait plus sentir la feuille de papier qu'il tenait à la main. Il pensait à sa patrie.

Un frisson d'horreur parcourut les épaules de Clarissa. Elle devinait que quelque chose s'était pétrifié au fond de ce vieillard qui était son père. Comme il ne voulait rien dire, il se contentait de bavarder. Quelque chose était mort en lui. Jamais plus il ne parlerait à cœur ouvert, jamais plus il ne parviendrait à se faire vraiment comprendre.

Le vieil homme continua à parler de l'offensive. Ce qu'il disait était terrifiant et vide à la fois. Elle se rendit compte qu'il cherchait à s'étourdir, mais elle ne savait pas s'il sentait vraiment qu'elle était là. Elle avait l'impression que sa présence lui était indifférente. Elle resta assise ainsi devant lui pendant près d'une heure. Quand elle se leva, il l'embrassa et lui demanda : « Tu repars demain ? » Et sans réfléchir, bien qu'elle n'en eût pas l'intention, elle répondit : « Oui. » Il ne voulait pas la voir autour de lui. Il ne voulait avoir personne près de lui. Elle prit congé ; d'une voix distante et grave, il lui rappela son devoir : « Fais correctement ton travail. Édouard ne nous a pas fait honte. Toi aussi, tu dois te montrer courageuse. Adieu. »

*

Quand elle sortit de l'appartement de son père, elle savait qu'elle n'y retournerait plus jamais. Il valait mieux passer la nuit dans un hôtel, pour éviter de le déranger. Elle avait remarqué qu'il ne pouvait ni ne voulait parler. Par ailleurs, l'idée de cacher son état à l'hôpital lui était insupportable. Elle devait entreprendre quelque chose. Mais surtout, il fallait qu'elle fût en sécurité. Elle devait rester à Vienne. Il fallait y réfléchir. Car à l'hôpital, elle était perdue, il n'y avait plus là-bas aucun espoir pour elle. Le médecin était prêt à l'aider, il ne voulait que son bien. Dans trois ou quatre mois, certains remarqueraient son état, et la rumeur se répandrait. Il fallait faire quelque chose. Il fallait s'en débarrasser. Elle ne pouvait infliger cette infamie à son père, car il n'y survivrait pas. Il était tellement strict. Il ne fallait pas ajouter encore cela. Elle parcourut la ville en tous sens et se remit à chercher dans les journaux les petites annonces des sages-femmes. À l'hôpital, elle avait appris que certains médecins le faisaient aussi, il suffisait de les trouver. Elle rechercha des adresses. Par deux fois, elle s'arrêta dans l'escalier, une fois elle arriva jusqu'à la porte de l'appartement. Elle se sentit alors comme paralysée. Mais ce n'était qu'un marché à conclure, rien d'autre. «Enlevez-moi cet enfant.»

Elle ne parvenait pas à parler, chaque mot s'étouffait dans sa gorge. Il n'y avait qu'un seul être en qui elle eût confiance : le professeur Silberstein. Il la reçut avec émotion. Une affection vraie, chaleureuse émanait de lui.

«Eh bien, loin des yeux, loin du cœur, remarqua-t-il. Où sont vos notes ? Vous ne m'avez donné aucune nouvelle. Savez-vous que je me suis pris à douter de vous ? Maintenant que tout me tombe dessus, vous auriez pu au moins m'écrire une fois. Cela aurait été un encouragement pour moi.» C'est alors seulement qu'il remarqua à quel point elle était pâle. «Qu'avez-vous, mon enfant?» lui demanda-t-il presque tendrement.

Elle leva les yeux vers lui.

«Puis-je vous parler franchement? J'ai besoin d'aide.»

Le professeur Silberstein lui lança un regard inquisiteur, et il établit immédiatement le diagnostic. Il appela alors son domestique et lui dit qu'il n'était là pour personne, même au téléphone. Elle ne l'avait jamais vu dans cet état. «Si vous avez besoin d'aide…» Il enleva ses lunettes. Elle vit son regard s'adoucir. Elle lui expliqua qu'elle attendait un enfant. Mais certaines circonstances faisaient qu'elle ne voulait absolument pas le garder; elle ne pouvait pas infliger cela à son père, ce serait un déshonneur. Elle le pria, le supplia de ne pas lui poser de questions. Pouvait-il l'aider? Avec l'autorité qu'il avait, il devait bien connaître d'autres médecins.

Il ne répondit pas tout de suite, mais lui caressa les

mains. Elle sentait qu'il compatissait. Il se leva et réfléchit. Puis il s'assit à nouveau près d'elle.

«Écoutez-moi, mon enfant, c'est une chose à laquelle il faut bien réfléchir. J'ai pensé à tout, sauf à cela. Et peut-être auriez-vous dû, vous aussi, vous poser une question puisque vous aviez des doutes. Mais avant tout, vous savez que je suis prêt à vous aider ; la question ne se pose pas. Il n'y a personne au monde que j'aiderais plus volontiers que vous. La seule chose qu'il faut savoir, c'est quel est le meilleur moyen de vous aider. Nous devons être aussi clairs que possible. Nous disposons de médecins qui vous délivreront le certificat voulu. Ce ne serait pas la première fois qu'un diagnostic est erroné. J'ai également un ami fiable, dans une clinique, qui peut effectuer une telle intervention. Mais je surveillerais cela personnellement. Maintenant, en temps de guerre, le contrôle n'est pas aussi draconien. Si vous avez des doutes, il suffit de le dire. Avant tout, donc, et afin que vous ne vous mépreniez pas, je sais bien sûr que cette intervention est interdite, selon la loi, mais il ne manquerait plus que l'on se préoccupe de la loi alors que dix mille hommes se font massacrer quotidiennement. Pour moi, les lois n'existent pas ; tout ce qui représente l'État est désormais obsolète à mes yeux. Et même ce que vous m'avez dit au sujet de votre père et du déshonneur ne me préoccupe guère – mon Dieu, ces vieillards ont soixante-dix ans, et ils ne signifient pas grand-chose, mais les jeunes non plus. Je ne veux plus entendre les mots d'honneur et de honte, de héros et de gredin. Tout chancelle, ils se croient obligés de faire feu sur tout, ces brigands, et celui qui refuse de tirer est pour eux un traître à la patrie. Il nous faut penser librement – autrefois, on pensait toujours librement et avec lucidité. Donc, s'il le faut, si vous êtes déterminée, je mettrai tout en œuvre. Non, ne me regardez pas d'un air aussi inquiet… Je ne vais pas me défiler. Pas du tout, pas du tout… Écoutez-moi et aidez-moi à trouver la meilleure solution… Nous ne pouvons faire quelque chose que vous ne soyez en mesure ensuite de réparer, le cas échéant.»

Il se leva, et tout en nettoyant ses lunettes, il réfléchit.

« Vous n'êtes pas la première qui se retrouve assise à cette place. Ce n'est pas la première fois de ma vie, en soixante ans, qu'une femme qui ne veut pas de son enfant vient me voir – vous vous souvenez qu'il m'est arrivé d'établir ou non des certificats à cet effet à cause de l'état nerveux de la patiente. Chacune d'entre elles avait ses raisons : pour l'une, il n'y avait pas de père, pour l'autre, c'était la peur de la maladie. Dans tous les cas, même quand les gens sont aisés, il y a un motif pour qu'une femme ne veuille pas avoir d'enfant, et l'affaire n'est pas si périlleuse : sur cent cas, quatre-vingt-dix-huit se passent sans problème. Ce qui me préoccupe n'est pas d'ordre privé ou personnel, c'est autre chose. Qu'il vous ait quittée, qu'il veuille vous aider, qu'il soit riche ou pauvre, qu'il ait l'intention de vous épouser un jour ou non, tout cela est secondaire. Il ne faut pas que vous agissiez dans un moment de panique au risque de le regretter ensuite. Je sais que la responsabilité repose sur vous, mais en vous aidant, j'en porte une part également. Il me faut donc vous demander… Non, ne craignez rien… Mais ne me regardez pas… avec cet air… apeuré. Vous savez bien que c'est l'ami qui vous parle ainsi… Et si vous préférez, je vais m'asseoir de telle façon que vous ne soyez pas obligée de me regarder. Mais à présent, écoutez-moi. »

Il se déplaça un peu. Elle l'avait déjà fait.

« Écoutez-moi, Clarissa, je ne devrais pas vous poser de questions, et je ne vous demanderai rien au sujet du père. Ni comment il est, ni où il se trouve, ni ce qui vous a amenée à… tout cela m'est complètement indifférent. Je vous demande… Non, je préfère vous convaincre de vous poser à vous-même très franchement la question suivante : était-ce un malheur, une bêtise, une faiblesse ? Cet homme est-il tel que vous l'auriez choisi par conviction, délibérément, pour être le père d'un enfant, de votre enfant, même si les circonstances fortuites s'y opposaient ? Ce qui est déterminant, c'est votre position face à cet homme. Croyez-vous le connaître assez pour prendre une telle décision ? »

Clarissa baissa la tête. Mais elle répondit d'une voix claire et déterminée :

«Oui.

– Est-ce que, dans une situation normale, vous seriez fière et heureuse d'avoir un enfant de lui?»

Elle leva les yeux. Elle se souvenait. Elle voyait Léonard devant elle, avec son regard limpide, son rire assuré et généreux. Elle regarda fermement le docteur Silberstein.

«J'en suis tout à fait sûre.»

Le docteur prit soudain un air très grave.

«Dans ce cas… Dans ce cas…» Il prit une profonde respiration. «Vous commettriez un crime si vous ne gardiez pas cet enfant. Je ne dis pas cela au sens où l'entendent l'État et la loi, car cela m'est indifférent. Mais c'est à vous-même que vous causeriez du tort. Ce serait vraiment une bêtise, une faiblesse.»

Clarissa garda le silence. Elle sentait son cœur battre la chamade.

«Écoutez, mon enfant, et croyez-moi. Il ne faut surtout pas que vous agissiez sous le coup de l'émotion. Je le répète, je suis prêt à vous aider, mais je ne voudrais pas vous aider contre vous-même, dans la précipitation. Dans quelques années, vous ne le pardonneriez ni à moi ni à vous-même. Vous savez, tout cela serait plus facile si les choses avaient été différentes, si vous aviez eu un accès de faiblesse, une sorte d'ivresse, un moment de solitude, une bouffée de féminité. Mais j'ai du mal à me l'imaginer en ce qui vous concerne. À moins qu'il n'ait abusé de vous. Le cas serait différent si vous vous étiez abandonnée à n'importe qui, comme par désarroi. Mais je sais que vous êtes un être lucide. Ce n'était pas l'emportement d'une passion débridée, ce n'était pas une aventure amoureuse précipitée. Je suppose que vous vous êtes donnée librement, de votre plein gré, et que c'était le fruit de votre volonté la plus intime.»

Clarissa le regarda calmement.

«Oui, de mon plein gré.

– Cela vous impose des obligations. Vous avez voulu

cet enfant, vous l'avez désiré inconsciemment. Je ne connais pas les circonstances, et je ne veux pas les connaître. Même si le père est un homme léger, même s'il a agi par caprice ou dans une ivresse passagère, vous, vous saviez ce que vous faisiez. Ne le regrettez pas à présent ! Si vous avez eu à ce moment-là le courage d'être honnête envers vous-même, ayez ce courage une fois encore. Vous êtes une femme qui ne connaît pas la peur. Que craignez-vous ? »

Clarissa baissa de nouveau la tête.

« Je ne vais pas vous raconter d'histoires. C'est terriblement difficile. Puisque j'ai été courageuse à un moment donné, il va falloir que je continue de l'être – cela ne dépend que de moi. Mais il faudra que je reste cachée dans un hôpital.

– Et vous n'auriez vraiment pas la force de supporter cela ?

– Je ne pense pas à moi. Je pense à mon père. Je ne peux pas lui faire cela. Il a perdu son fils. Son honneur est la seule chose qui lui reste. Pour lui, c'est toute sa vie. Si je... D'une certaine façon, ce serait un acte inhumain de ma part... Je crois qu'il n'y survivrait pas. »

Le docteur Silberstein répondit :

« Vous pensez à votre père... Parce qu'il a un droit sur vous... Eh bien, vous ressentez les choses ainsi, et je ne veux pas m'opposer à votre sentiment... Chacun doit savoir pour lui-même ce qu'il a à faire... Quel âge a votre père ?

– Soixante-huit ans.

– Et vous, vous en avez vingt et un. Nous autres vieilles gens ne comptons plus. Votre père a encore cinq, peut-être dix ans à vivre. Et vous, c'est toute la vie que vous avez devant vous – et cet enfant. Réfléchissez ! Vous allez vous priver de quelque chose. Et puis, je me demande si vous en avez le droit. Cet enfant a un père... Lui avez-vous posé la question ? Mais peut-être ne le pouvez-vous pas... À votre avis, comment agirait-il à votre place ? »

Clarissa le regarda. Elle était sûre, elle savait qu'il serait heureux. (Il s'était éloigné de sa femme parce qu'elle ne voulait pas d'enfant.) Elle se mit à trembler et éclata en sanglots. C'était plus fort qu'elle.

Ému, le docteur Silberstein s'approcha d'elle et prit sa main.

«Je ne veux pas vous harceler. Je... je crois que je vous comprends. Je suis... Je suis plus proche de votre père que d'ordinaire, à cause de son fils. Il a perdu son fils... Le mien est au combat... Voilà les choses auxquelles je pense ; sa vie ne m'est pas indifférente, je... Je ne sais pas ce que je ferais... Pensez à cet homme. Et seulement à lui. Pour ce qui est de votre père, c'est difficile... Il est général, n'est-ce pas... pour lui, c'est terrible, je ne le nie pas... Moi-même... Si ma fille venait me voir... Nous avons tous des contraintes... J'aurais honte moi aussi... Je n'oserais pas non plus me promener dans la rue... Vous voyez, je ne cherche pas à enjoliver les choses, je ne me montre pas meilleur que je ne suis... Je sais que je serais lâche... Je ne suis pas aussi courageux que vous. Je ne vais pas vous raconter d'histoires. Mais écoutez-moi calmement : je suis un vieil homme ; j'ai vu et appris beaucoup de choses au cours de ma vie... Je sais que chacun des mots que je prononce vous fait mal... Pardonnez-moi... Je ne veux pas vous raconter d'histoires... Je ne le nie pas... Vous ne pouvez pas aller le voir et le lui dire... Il ne vous comprendrait pas...

– Ce serait pitoyable de ma part...

– Vous avez raison... Il ne faut pas le faire, vous ne devez pas lui faire cela... Il a besoin d'être ménagé... Ce serait... ce serait un crime... Mais réfléchissez calmement avec moi : est-ce que votre père doit absolument être mis au courant ? »

Sans le vouloir, Clarissa leva les yeux. Il caressait ses mains.

«Je vous parle autrement que je ne le ferais avec ma propre fille. Vous vouliez avoir mon aide. Après tout, je suis médecin. On a le coup d'œil. Au moment où vous êtes entrée, j'ai été frappé par votre pâleur, mais c'est tout. Je... je n'aurais jamais eu l'idée que... Et je crois qu'il se passera encore un certain temps avant que quelqu'un puisse se douter de quelque chose... Pour l'instant, on ne remarque absolument rien, et on le verra encore moins si vous portez votre tenue d'infirmière. Ce n'est pas la première fois qu'une femme va avoir un enfant et que sa famille n'en sait rien. Les circonstances sont favorables... Le désordre règne partout... Personne ne s'occupe des autres. Dans un premier temps, vous pouvez retourner à l'hôpital, votre père ne se doutera de rien, et là-bas... les médecins non plus. Et puis, quand vous sentirez qu'il devient difficile de cacher la réalité, vous prendrez tout simplement un congé, et je me chargerai du reste.»

Clarissa tremblait. Elle était suspendue à ses lèvres. Elle n'avait pas pensé à cette possibilité. Le docteur Silberstein caressait constamment sa main.

«Vous êtes étonnée que je vous conseille... parce que... parce que vous m'avez demandé de vous aider. Il faut que vous réfléchissiez en toute tranquillité, mon enfant, calmement et avec lucidité. Je sais que c'est difficile d'avoir l'esprit clair quand on est confronté à de telles décisions... Mais je pense à votre place... ou plutôt, j'ai déjà pensé à tout... Écoutez-moi, je ne sais pas si vous vous souvenez de cette petite maison que je possède à Klein-Gmain... J'en suis devenu propriétaire d'une façon curieuse... J'étais à Salzbourg avec ma femme, il y a sept ans, nous étions allés faire une promenade vers la frontière... Tout à coup, j'aperçois une maisonnette, une vieille maison paysanne, un petit jardin, des géraniums devant, le tout bien propret... et l'idée m'est venue que l'on pourrait habiter là... C'est ainsi, me dis-je, qu'il faudrait vivre : on a sa petite maison, on n'est pas obligé de penser, ni de faire d'effort, on mène sa petite vie tranquille... Je ne sais pas si vous me comprenez : depuis le chemin de fer, souvent, on voit une maison, on ne sait pas comment s'appelle la ville, on n'y connaît personne, et on a l'impression que l'on pourrait être heureux à cet endroit... Ce fut un moment très émouvant. J'ai montré la maisonnette à ma femme, et elle a ri : "Tu ne tiendrais pas quinze jours ici !" Mais nous avons jeté un coup d'œil dans le jardin, autant que la haie nous le permettait… Tandis que nous le contemplons, la porte s'ouvre, une femme sort – cinquante ans environ, une vraie paysanne coiffée de son bonnet, pauvre et propre – et s'avance vers nous.

"Monsieur a été envoyé par l'agent ? me demande-t-elle.
– Non", dis-je, un peu étonné.

« Elle s'excuse en disant qu'elle l'a cru parce que nous sommes restés si longtemps devant la maison.

« Nous engageâmes alors la conversation. Elle nous raconta qu'elle avait été frappée par un malheur, que son mari était mort ; à présent, elle ne parvenait plus à payer l'hypothèque. Un agent s'était chargé de l'affaire. Elle espérait simplement pouvoir rester dans la maison. Ses enfants y étaient nés. Si elle pouvait garder ne serait-ce qu'une chambre, celle de derrière. Son récit me toucha ; elle me faisait pitié. Je regardai la maison : elle est propre, elle a trois chambres à l'étage, la vue donne sur les montagnes qui dominent le jardin. Je vécus ce rêve qu'a tout homme qui travaille. Chacun aimerait avoir quelque chose qui lui appartienne. Ma femme possédait une petite fortune placée en Bourse. Cette idée me préoccupait ; je m'enquis du prix. Il était ridiculement peu élevé ; j'achetai donc – vraiment au cours d'une promenade – cette maisonnette : parfois, en été, je vais y passer huit jours, quand je veux travailler en paix. La vieille femme l'entretient, et la maison est rutilante de propreté. Elle vend des fruits et légumes, au marché, et elle est heureuse.

« Voilà. Venons-en maintenant à vous. S'il est un être au monde qui m'est dévoué, c'est bien Mme Hausner. Si je commettais un meurtre, elle me cacherait, et tout en sachant que c'est moi, elle jurerait sur le crucifix devant le tribunal que ce n'est pas moi. Mes patients, eux, ne sont plus aussi dévoués, ils sont trop torturés, et quant à mes collègues, je préfère ne pas penser à eux. Mais cette femme pense à moi, et je crois même qu'elle prie pour moi chaque jour. Je lui ai bien sûr laissé une chambre pour laquelle elle ne paie ni loyer ni impôts, elle n'a rien à faire que de s'occuper des fleurs, et elle le ferait aussi pour elle-même. Elle se voyait déjà chassée, arrachée à toutes ses racines. Vous n'imaginez pas à quel point les paysans sont attachés à leur terre, à chaque arbre; chaque fleur pousse au milieu de leur cœur. Quand j'en éprouve l'envie ou que je suis déprimé, que je doute de moi-même, il me suffit d'aller là-bas et de regarder dans les yeux cette marchande des quatre-saisons pour me sentir mieux parce que je sais que je suis important pour quelqu'un en ce bas monde. Les deux chambres sont toujours d'une propreté impeccable; elle est heureuse quand quelqu'un vient y habiter, elle le sera si vous y allez. Si je vous y envoie, vous vous sentirez mieux protégée et cachée que nulle part ailleurs au monde. Elle veillera sur vous. Elle a donné naissance à quatre enfants, elle est douce et bonne. Elle peut même prendre soin de l'enfant aussi longtemps que vous devrez ménager votre entourage, et personne d'autre que cette femme, que vous et moi n'en saura rien. Elle est pieuse; si vous lui faites jurer de garder le secret, pas un mot ne franchira ses lèvres. Et pour ce qui me concerne, vous pouvez compter sur moi : j'ai appris à garder les secrets.»

Clarissa avait ses mains dans celles du vieil homme. Cela lui faisait du bien, et elle comprit que ces paroles étaient venues à bout de ses résistances. Elle sentait cette chaleur, à l'intérieur de son corps, qui se répandait jusque dans son ventre où reposait l'enfant. Elle ressentait dans son sang jusqu'où cela allait. Son regard fixait le vide.

«Mais comment cet enfant s'appellera-t-il?… Il n'a pas de nom… Son nom… On va le lui demander… Et où pourrais-je le cacher… Je ne peux… Je ne veux pas le laisser à des étrangers…

– Oui, vous allez devoir être courageuse.

– Je ne veux pas y penser… Ne pas penser aux détails… Pas à cela… Je veux avoir confiance et croire que les choses s'arrangeront… Tout s'arrange. Cette époque de fous ne peut pas durer toujours.

– Si l'on regarde les choses raisonnablement, cela ne peut pas continuer ainsi.

– La plupart des gens ne poseront pas de questions. Mais il y a des hasards…

– Cette époque effroyable facilite tout. Vous pourrez dire qu'il est tombé avant de pouvoir vous épouser. »

Elle le regarda.

« Je crois que vous avez raison. Je vais essayer. Même si les choses doivent être difficiles. Et elles le seront.

– Je sais, reprit-il, ce ne sera pas facile à ce moment-là non plus. La vie n'est pas aisée quand on garde un tel secret au fond du cœur. Je ne vais pas vous raconter d'histoires. Vous devrez partir, et vos yeux se mouilleront de larmes quand vous verrez d'autres gamins qui peuvent s'affirmer librement. Mais, mon enfant, tout cela sera plus facile et meilleur pour vous que si vous décidez de… Car cet autre choix, mon enfant, est irrévocable. Vous ne saurez pas pourquoi vous vivez. Cela a du bon d'être une maman pour quelqu'un, j'en ai une petite idée… J'ai un fils au combat. Votre vie prendra finalement un sens grâce à cela. Les choses finiront par s'arranger. »

Ses mains qui ne tremblaient plus lui montrèrent qu'elle s'était apaisée. Elle se sentit regaillardie.

« Ne me remerciez pas. Non, mon enfant, dit-il d'une voix grave. Vous m'avez aidé en son temps. Je crois vous aider à mon tour. Mais en fait, c'est moi-même que j'aide. J'ai besoin de courage, de plus de courage que je n'en possède. Chacun aide les autres en leur donnant l'exemple. En me montrant que vous êtes résolue et que vous resterez forte, vous m'aidez. Plus que jamais dans ma vie, j'ai besoin de voir un être solide. J'aurai encore besoin de vous à l'avenir. Il est bon de connaître quelqu'un qui vous connaît, une personne au moins avec qui vous pouvez parler. »

Quand elle leva les yeux, elle sentit qu'elle devait lui poser une question. Mais il fit un geste pour l'en empêcher.

« Cela n'a pas d'importance. Quand mon fils reviendra, je serai satisfait, quoi qu'il arrive. On ne vit qu'à travers ses enfants. Et c'est pourquoi – il posa son bras sur son épaule – il faut que vous restiez forte. Vous ne savez pas combien on est seul quand on vieillit. »

Novembre, décembre 1914

Bien qu'il lui restât encore trois jours de congé, Clarissa rejoignit le soir même son hôpital de campagne. Elle avait besoin de s'occuper. Elle voulait s'étourdir. Et pourtant, elle ne pouvait s'empêcher de penser : il arrive, il grandit. Il fallait à présent qu'elle fît preuve de la plus grande résolution. Car il y avait en elle la crainte de voir renaître ses hésitations. Pourtant, elle savait qu'elle ne pourrait plus revenir en arrière. Cela voulait dire qu'il fallait couper tous les ponts derrière soi. Enfin, elle se décida. Tout était devenu clair dans son esprit. Elle allait devoir serrer les dents. Il y avait beaucoup à faire. Le lendemain, elle reprit son service. Elle se jeta à corps perdu dans le travail.

« Je suis content que vous soyez revenue », lui dit en l'accueillant le docteur Ferleitner. « Je vous cherchais, justement. J'ai besoin de vous pour quelque chose de précis. Vous étiez l'assistante du docteur Silberstein à Vienne, n'est-ce pas ? »

Clarissa acquiesça.

« On dirait qu'il a un peu perdu la tête, le professeur. J'ai lu dans le journal qu'il a refusé de signer le manifeste et qu'il a même publié je ne sais quelle brochure dans laquelle il affirme que la science est internationale, supranationale, qu'un intellectuel doit se tenir à l'écart et éviter de se mêler de tout cela. Ils arrivent à point, ces messieurs les internationalistes et supranationalistes, maintenant qu'il y va de notre peuple ! Ce ne sont que des traîtres, et on devrait les traiter en conséquence. Enfin, ils l'ont déjà mis à la porte de l'Académie, ce braillard. Quelle insolence ! Il affirme dans sa brochure que les Français sont une grande nation culturelle. C'est vraiment le moment rêvé pour dire une chose pareille alors que des milliers de nos jeunes si courageux vont au casse-pipe – bien sûr, c'est parce qu'ils lui ont accroché la *Légion d'honneur* au revers de la veste… Euh, qu'est-ce que je voulais dire… Ah oui, vous étiez son assistante, et j'imagine que vous avez tout de même appris quelque chose avec lui, car il connaît son métier, le gaillard, et il ferait bien de s'en tenir à ses activités professionnelles, cet imbécile… Oui, donc… Dans l'autre service, chambre six, nous venons d'en recevoir un nouveau. Il souffre de déséquilibre nerveux parce qu'il a été soulevé par le souffle d'un obus… Il n'a pas de blessure grave… Il souffre juste de tremblements, de troubles de la parole et de crises de larmes, mais vu de l'extérieur, on ne trouve rien… Commotion cérébrale… Il reste couché toute la journée, et il vomit tout ce qu'on lui donne à manger… Euh, qu'est-ce que je voulais dire… Je ne l'ai examiné que quatre fois, mais il me semble qu'il y a quelque chose qui ne tourne pas tout à fait rond chez lui… J'ai l'impression que ce type est un simulateur ou qu'il exagère. Enfin, je ne connais pas grand-chose à ce qui touche les nerfs, se sont des affaires assez compliquées… Ce n'est pas mon domaine… Ce que je voulais vous demander, mademoiselle Clarissa, c'est de le surveiller un peu… Passez de temps en temps dans le service, discrètement… Ayez l'œil sur lui… Surveillez sa température, et vérifiez que ces tremblements n'interviennent pas seulement au moment où nous entrons dans la chambre, et n'hésitez pas à sortir la circulaire du ministère qui établit la liste de tous les trucs que ces combinards ont imaginés… Enfin, peut-être suis-je injuste avec lui, mais il faut faire attention, car nous avons si peu de lits disponibles qu'il ne faudrait pas qu'un type y passe quelques semaines à se reposer pendant que les autres accomplissent leur devoir ! »

Clarissa lui promit d'aller voir. Et l'après-midi du même jour, elle fit sa tournée d'inspection dans la chambre six. Elle connaissait deux des blessés – c'étaient des soldats qui avaient reçu une balle dans la tête, et leurs bandages leur couvraient les yeux, si bien que Clarissa ne savait pas si l'on pourrait sauver leur vue. Le nouveau patient se trouvait dans le lit situé près de la fenêtre. Il dormait. C'est un homme de vingt-sept ans environ; sa bouche était tendre et enfantine, il était peut-être mignon, avec ses boucles brunes, son front luisant. Mais son visage très pâle et ses yeux qui s'enfonçaient dans les orbites lui donnaient un peu l'apparence d'un masque : seule sa bouche faisait la moue dans son sommeil. Elle s'approcha. Effrayé par ce léger bruit, il tressaillit, se réveilla et la fixa de ses yeux gris, les joues tremblantes, les paupières palpitantes.

«Que… Que se passe-t-il?

– Rien. Je suis l'infirmière de l'autre service. J'étais en congé.»

Il la regarda d'un air incrédule et se mit à trembler.

«N'ayez pas peur», dit-elle d'une voix apaisante en s'approchant un peu. Mais ses tremblements redoublèrent, il grelottait littéralement, son menton palpitait, il claquait des dents; sa peur était terrible, terrifiante. Il bégayait.

«Est-ce que… est-ce que vous… vous allez me…, bredouilla-t-il d'une voix à peine audible, m'examiner de… de… de nouveau? Je… Je… n'en… peux plus. Je… Je… Je v… veux qu'on me… me laisse en paix. Ma t… tête va… va éclater, je n'en peux plus.»

Il serra ses bras contre son corps et fut pris d'une convulsion hystérique.

«Non, on ne va plus vous examiner aujourd'hui, lui dit-elle pour le rassurer. Je vais simplement prendre votre température.»

Il leva légèrement la tête et bredouilla en faisant un effort extrême sur lui-même :

«Laissez… laissez-moi, non, pas aujourd'hui… Je vous en prie… Laissez-moi… Je… je suis fatigué… Je n'en peux plus… Ayez pitié, mademoiselle, je vous en prie, chère, chère mademoiselle. Laissez-moi dormir… chère… chère mademoiselle.»

Il prononça ces mots d'une voix mièvre. Une voix peut-être un peu trop douce, trop caressante.

«Bien, dit-elle. Je reviendrai vous voir demain matin lors de la première visite; le temps de vérifier votre courbe, et j'aurai disparu.»

Elle se contenta effectivement de lire sa fiche : «Gottfried Brancoric, aspirant, régiment d'infanterie, vingt-sept ans. Profession : pharmacien. Description du cas : emporté par l'explosion d'un obus – fracture ?» Elle entendit un filet de voix suppliante :

«Montrez-moi… cette feuille. Je… je veux savoir ce que j'ai. Il faut… que… j'écrive à ma mè… mère. Ma mère… ma mère… Il faut.»

Elle n'apprécia pas de le voir tout à coup aussi vif et aussi lucide. Mais il y avait surtout cette voix mièvre.

«Plus tard», dit-elle sèchement en remettant la fiche en place. Il se laissa retomber dans ses oreillers sans dire un mot. Elle remarqua à nouveau la moue de sa bouche. Des frissons parcouraient son corps comme s'il avait froid. Elle fut frappée par l'impression qu'il donnait de presser en même temps ses bras contre son corps. Le docteur Ferleitner avait peut-être raison. Il fallait le surveiller.

«Bonne nuit», dit-elle d'une voix apaisante avant de quitter la chambre.

L'instant d'après, elle l'avait déjà oublié. Elle ne pensait plus qu'à une chose : à ce qui se trouvait dans son ventre. L'enfant grandissait, et avec lui sa peur et sa terreur qui s'amplifiaient. Dès qu'elle se retrouvait seule, elle ne pensait plus qu'à une seule chose : elle n'était plus seule avec elle-même.

*

Le lendemain, elle assista à l'auscultation du jeune Brancoric, bien qu'il n'appartînt pas à son service. Outre le médecin du régiment, le docteur Ferleitner, il y avait là le médecin-capitaine Willner, très redouté à cause de sa brutalité et de ses manières brusques.

«Voyons un peu ce qu'il en est, dit-il sèchement à l'homme qui tremblait. Et maintenant, levez-vous. Pas de chiqué!»

Les infirmières soulevèrent le malheureux; Clarissa sursauta en voyant son torse dénudé. Il était décharné, sa peau blanche et fine parcourue de frissons. Depuis quelques semaines, les choses la touchaient plus que d'habitude; elle avait per du un peu de son assurance. Le médecin-capitaine testa les réflexes du malade; Clarissa regardait son visage. Ses yeux avaient une incroyable expression de terreur qu'elle n'avait jamais vue chez un être humain. Tout son corps, même les côtes, tressaillait, et ses cheveux trempés de sueur collaient sur son front.

«Ce n'est pas facile, marmonna le médecin-capitaine. Ce gaillard tremble tellement qu'on ne sent rien du tout.» Puis il cria à l'adresse du soldat: «Tenez-vous tranquille!»

Les traits du patient se décomposèrent, ses yeux prirent une expression hébétée.

«Où avez-vous été blessé? lui demanda le médecin-capitaine d'un ton brusque.

– Je… je sais pas, bredouilla l'homme, terrifié, la bouche sèche.

– Qu'est-ce que cela veut dire: vous ne savez pas? C'est de la simulation. Vous devez savoir à quelle bataille vous participiez.»

Mais celui qu'on martyrisait ainsi répéta ce qu'il venait de dire; un frisson le parcourut, et sa tête se balançait:

«Sais… sais pas.»

Le médecin-capitaine lui lança un regard mauvais et tâta ses muscles; Brancoric en eut la chair de poule, et son corps fut à nouveau parcouru de frissons. Le médecin-capitaine se détourna.

«Il est dans un état vraiment pitoyable. Mais je crois que ce n'est que de la lâcheté, chez ce gaillard, murmurat-il à l'adresse du médecin du régiment. En tout cas, il faut le surveiller de près. Et l'électriser. Dans huit jours, il aura peut-être crevé. Sinon, il faut le faire passer devant la commission. Il n'a toujours rien mangé ?

– Si, ce matin, au petit déjeuner, mais ensuite, il a tout vomi. »

Il se détourna.

«Hum ! » fit le médecin-capitaine d'une voix irritée, «le mieux c'est que nous l'envoyions à Vienne avec le prochain convoi. À nos confrères maintenant d'épuiser leur science sur ce cas. Nous, nous ne pouvons pas le laisser là pendant des semaines. »

À ces mots, il se dirigea vers le lit voisin.

Clarissa, émue, ne bougea pas. Elle avait lu sur le visage de Brancoric une angoisse terrifiante quand on l'avait recouché dans son lit. Son visage était devenu aussi gris que de la cendre : elle avait l'impression de voir se refléter sa propre angoisse sur son visage. Il écouta le pas dur du médecin-capitaine, puis il se calma et resta allongé, mais les tremblements ne cessèrent pas. Elle éprouvait une immense pitié pour lui.

«Voilà, reposez-vous, à présent. Vous voyez bien, la visite n'a pas été si terrible que cela. Il faut que vous repreniez des forces. »

Il ouvrit les yeux en entendant sa voix ; son regard avait à nouveau cette expression douce et touchante.

«Voulez-vous manger encore un peu ? »

Ses lèvres remuèrent, mais pas un mot ne s'échappa de sa bouche. Il fit un signe des mains, puis de la tête et dit en s'étranglant :

«N… N… Non ! »

Ensuite, il se calma et la regarda de ses yeux gris comme s'il voulait s'agripper à elle.

«Puis-je faire quelque chose pour vous ? »

Il remua les lèvres avec difficulté.

«Restez ! » murmura-t-il dans un souffle, d'une voix à peine audible. «Restez là ! »

Elle s'assit près de son lit. Immobile. Elle pensait à Léonard. Lui aussi était peut-être perturbé. Il était peut-être aussi pâle que cet homme. Peut-être pensait-il à elle. Il lui arrivait peut-être aussi de rêver. Elle passa un instant dans la chambre attenante, car elle avait entendu un blessé qui geignait. Cela l'avait touchée au tréfonds d'elle-même. Tout l'émouvait. Soudain, elle sentit une main moite dans la sienne. Elle sursauta et se pencha vers Brancoric en se demandant ce qu'il pouvait bien vouloir. Il la contemplait simplement avec ce regard de chien battu, ces yeux mouillés de larmes.

« Vous êtes bonne, murmura-t-il. Très bonne… bonne et… belle. »

C'était étrange ; il n'avait plus l'air d'un malade, il paraissait sorti tout droit d'un rêve : un sourire imperceptible pointa sur ses lèvres. Il ressemblait à présent à un gamin, à un enfant. Et cela la fit penser à son enfant.

*

Dans les jours qui suivirent, elle s'occupa tout particulièrement de ce soldat. Partout, il y avait des hommes, des hommes brisés et estropiés. Lui seul avait quelque chose qui le faisait ressembler à un enfant. Il était âgé de vingt-sept ans ; il avait les yeux bleus. Il la voyait et souriait. Il prenait sa main. Elle, elle ne rêvait que de son enfant. Il y avait quelque chose en lui qui la touchait beaucoup. Surtout cette façon désemparée qu'il avait de s'agripper à elle ; elle avait l'impression qu'il attendait quelque chose d'elle, il lui semblait même que cet homme avait besoin d'elle, qu'il lui faisait confiance. L'après-midi, elle restait assise à son chevet. Elle écrivit pour lui une lettre adressée à sa mère : « Maman, ma pauvre Maman, dit-il en pleurant, j'ai été emporté par le souffle d'un obus… » Ses larmes coulaient. Il est possible que Clarissa, étant elle-même future mère, soit devenue plus tendre, au cours de tous ces mois – d'une façon générale, et pas seulement dans les formes de son corps –, si bien que l'émotion la fit pleurer elle aussi. Elle resta auprès de lui ; ce qu'il avait d'enfantin et l'abandon dans lequel il se trouvait la retenaient là. Il lui raconta beaucoup de choses. Mais au début, il resta assez discret sur son passé. Quand il parlait de sa mère, la pitié attendrissait Clarissa – c'était son instinct maternel. Cela dura près de quinze jours. Elle était parvenue plusieurs fois à le faire sortir de son lit. Elle avait alors souvent l'impression que c'étaient les yeux de son propre enfant qu'elle regardait. Quand elle lui rendait visite, il lui semblait qu'il était en train de guérir. Elle constatait qu'il était heureux quand elle s'asseyait à son chevet. «Comme vous êtes bonne», disait-il alors. Mais en même temps, elle n'arrivait pas à se départir des doutes qu'avait exprimés le docteur Ferleitner. À un moment donné, il dut se rendre compte qu'elle était émue lorsqu'il parlait de sa mère. Quand tous les autres dormaient, lui était étonnamment éveillé. Le reste du temps, il demeurait allongé sans rien dire. Les tremblements continuaient. Il racontait tout de façon un peu incohérente : même s'il savait parfaitement comment il avait été enseveli dans le trou d'obus, cette vision le faisait sursauter à chaque fois. Clarissa pensait soit qu'elle le dérangeait, soit qu'il s'agissait de ruses de sa part lorsqu'il lui demandait quand auraient lieu les prochaines visites médicales. Parfois, il devenait même gai et rayonnait d'insouciance. «Ils me guériront.» Mais dès qu'un bruit de pas s'approchait, il rejetait d'un coup la tête en arrière, reprenait son air habituel et se mettait à bégayer. Il se remettait ensuite à parler à voix basse, se laissait aller et montrait sans le vouloir qu'il était heureux.

Quand l'autre dormait, ses bredouillements cessaient. La méfiance la gagna.

«Aujourd'hui, vous parlez assez bien, on dirait. Nous ne tarderons pas à vous remettre sur pied.»

Il était alors saisi d'effroi, comme un enfant que l'on prend en flagrant délit de bêtise.

«N... Non... ce n'est... qu'avec vous. Près de vous... Vous... Vous avez un bon regard... Vous rassurez les gens.»

Cela mit Clarissa mal à l'aise, même s'il prenait un air tendre pour le dire. Il cherchait à la flatter. Il admira ses cheveux. Le pauvre garçon n'avait probablement pas vu de femme depuis longtemps. Mais comment pouvait-elle permettre à un autre de lui adresser des compliments !

Elle abrégea la conversation. Pourtant, dans sa façon d'être, il y avait quelque chose qui la rendait vulnérable. Oui, c'était quelque chose qu'elle ne remarquait pas d'ordinaire, mais qu'elle constatait dans son cas. Cette angoisse qui survenait chez lui quand elle le quittait ou quand elle passait simplement à côté de lui en traversant la chambre lui semblait sincère ; elle ne pouvait pas lui en vouloir.

« Vous ne pouvez pas faire cela, disait-il. Vous ne pouvez pas me laisser seul. Je suis perdu sans vous. Je mourrai sans vous. »

Il s'agrippait à ses mains, comme si elle devait le sauver de la noyade. En fait, c'était elle qui attendait, parce qu'elle savait que quelqu'un l'attendait. Sa lâcheté était pour elle un véritable cauchemar. Elle nota certaines contradictions.

« Eh bien, avez-vous remarqué quelque chose ? » lui demanda le docteur Ferleitner.

Clarissa n'était pas sûre. Gottfried Brancoric cherchait à la flatter. Il était tendre. Mais le fait qu'il voulût savoir quand auraient lieu les prochaines visites… Quelque chose lui disait qu'il mentait. Mais ensuite, elle se souvenait de son corps, quand elle le lavait. Et ce corps restait présent dans sa mémoire. Quand il s'agrippait à elle, il disait : « Ma mère… Vous êtes comme ma mère… » C'était étrange : la veille de la visite médicale, son état s'aggravait toujours. Il suffisait qu'on lui annonçât la venue du médecin.

Clarissa n'en souffla mot au docteur Ferleitner :

« Je ne sais pas. Mais il est en très mauvais état ; il n'a plus que la peau sur les os. »

Pourtant, elle décida de prêter attention à la question du docteur Ferleitner. Il y avait quelque chose que Brancoric exploitait : la peur. Jusque-là, Clarissa ne s'était pas méfiée. Mais à présent, une sorte de répugnance se fit jour en elle face à ce qu'elle considérait comme une injustice. Et au fond, elle aurait souhaité qu'il partît.

Les choses s'aggravèrent le quatrième jour après que

ce doute se fut manifesté pour la première fois. Cela l'effraya. «J'ai été injuste envers lui. Il était allongé devant moi, livide, épuisé. L'infirmière a raconté qu'il avait encore vomi. Ses paupières étaient bleuâtres, ses lèvres pâles. Les tremblements persistaient.» Clarissa eut honte d'avoir suspecté un malade. Elle se pencha vers lui :

«Qu'est-ce qui vous arrive?»

Il avala sa salive et désigna du regard la cruche. Elle lui versa un peu d'eau.

«Je suis perdu, murmura-t-il dans un souffle. Ils vont m'envoyer à Vienne... Je ne tiendrai pas le coup... Là-bas... Sans vous... Je ne peux pas.

– Du calme, du calme!»

Spontanément, elle lui passa la main dans les cheveux. Il tremblait. Son corps était parcouru de frissons.

«Je n'en peux plus... Je vais m'effondrer... Je ne me laisserai pas maltraiter ainsi plus longtemps... Sans vous... Vous êtes mon soutien.»

Elle le consola.

«Mais c'est uniquement pour votre bien. Là-bas, devant la commission, on vous déclarera inapte, ou bien on vous enverra dans un sanatorium. Vous y serez mieux qu'ici.

– Non, pour l'amour du Ciel... Sans vous, je suis perdu... Donnez-moi simplement quelques jours encore... Qu'ils m'examinent ici... Ils verront tout aussi bien ici... Là-bas, je serai seul... ce sera la fin pour moi... Je... Je ne veux pas aller à Vienne... Parlez avec le méde-cin... Ici, je vous ai auprès de moi... Et ma tante vient me voir... Deux êtres... Huit jours encore seulement.»

Elle parla au médecin. Celui-ci répondit par un gro-gnement. Elle lui expliqua que Gottfried Brancoric n'était pas vraiment transportable. Elle l'avait trouvé affaibli ce jour-là. Ce serait irresponsable.

«Enfin, si vous croyez... C'est vrai qu'il est très affai-bli. Mais il ne me plaît pas.»

Elle lui apporta la nouvelle. Il tremblait toujours. Elle soutint son regard. Sentant qu'elle rougissait, elle fut contrariée et quitta la chambre.

*

Ce qui suit arriva le cinquième jour, quand Clarissa entra soudain dans la chambre, sans s'être annoncée. Elle ne savait pas qu'il avait de la visite. Elle en fut surprise. C'était une vieille femme qui se montrait très tendre à son égard. Les malades n'avaient pratiquement pas été informés·des heures de visite, et c'était mieux ainsi, car ils ne passaient pas leur temps à attendre. Il mangeait avidement son petit déjeuner et en redemanda. Il le dévorait, bien que quelqu'un fût assis à son chevet. Cet homme se trouvait dans un état assez pitoyable, et il effrayait les autres. Son visage était marqué par la souffrance. Clarissa eut un doute.

L'idée que Gottfried Brancoric eût un secret lui déplut ; elle savait qu'il mentait, comme quelques jours plus tôt, quand il avait affirmé que son père était venu le voir, alors qu'elle avait entendu distinctement que le visiteur le vouvoyait.

Elle vit qu'une savate se trouvait sur le lit. Elle marqua un temps d'arrêt, puis poursuivit son travail comme si de rien n'était. Elle n'appréciait pas de voir qu'il s'affairait sous sa couverture. Elle remarqua son effroi. Quand elle s'approcha de lui, elle sentit qu'il bredouillait un peu. Elle vit son regard inquiet. Elle eut le sentiment qu'il lui cachait quelque chose. Pour la première fois, elle le soupçonna de la tromper. Cette gratitude, cette maladie, tout cela n'était que comédie ! Qu'est-ce qui empêchait Clarissa de parler au docteur Ferleitner ? Le lendemain matin, on l'emmena au bain électrique. D'ordinaire, elle n'y assistait pas, car elle n'était pas de service avant huit heures du matin. Deux brancardiers sortirent. Elle avait un curieux pressentiment ; il fallait qu'elle en ait le cœur net. La malhonnêteté de cet homme attisait son amertume.

Elle pénétra dans le vestibule. Elle demanda à l'un des brancardiers de l'annoncer. Quand il la vit entrer, une demi-heure avant l'heure habituelle, il prit peur.

«Qu'y a-t-il?» Soudain, il sembla comme paralysé dans ses mouvements. «Il n'est que sept heures.

– Oui, il est sept heures. J'ai changé d'horaire.

– Je suis… Je suis…

– Allez, allez!»

Son regard lui sauta au visage. Les brancardiers l'emportèrent.

«Mon mouchoir!» cria-t-il encore.

Clarissa appela l'infirmière pour faire le lit. Elle pensait que le tiroir renfermait quelque chose, mais elle n'y trouva que ses effets personnels. Rien d'autre. Dans le lit, sous l'oreiller, elle ne trouva rien non plus. Elle eut honte de l'avoir suspecté injustement : mais après tout, elle n'avait fait qu'exécuter une mission qu'on lui avait confiée. Elle allait quitter la chambre quand, en remettant le lit en place, elle aperçut ses savates au fond, tout près du mur; c'étaient les savates de paille qu'il utilisait; pourquoi se trouvaient-elles si loin, se demanda-t-elle, mue par un souci très spontané de l'ordre, puis elle se dit que ces savates ne devaient pas être très pratiques pour lui – et le souvenir à demi effacé de cette femme, la veille, lui revint immédiatement en mémoire : c'est elle qui les avait placées à côté de son oreiller. Elle les saisit, les palpa. À la pointe de la semelle, elle sentit quelque chose de dur. C'était une petite boîte comme on en trouve d'ordinaire dans les pharmacies et, à côté, il y en avait une autre ainsi qu'un petit sachet rempli d'une poudre blanche. C'était donc bien cela! Ferleitner, avec son instinct paysan, avait vu juste. Elle ouvrit d'abord la boîte; le produit avait une odeur de roussi. Elle en goûta un peu : c'était un vomitif. Cette poudre blanche ne lui en apprendrait guère plus. Tout était clair, à présent : il s'affaiblissait délibérément en refusant de se nourrir. Il prenait un vomitif avant les visites afin de ne pas garder la nourriture qu'il avait absorbée. Il avait abusé tout le monde.

Quelque chose en Clarissa se durcit. Dans l'éducation qu'elle avait reçue, la droiture militaire était le principe suprême. Elle était scandalisée. Elle remit le lit en place et empocha la boîte. C'est délibérément qu'elle resta jusqu'au moment où les brancardiers le ramenèrent et l'allongèrent sur son lit avant de disparaître. Quand ils se retrouvèrent seuls, il s'assit dans son lit.

« Approchez... Ah, on m'a encore martyrisé. »

Clarissa ne bougea pas et lui lança un regard méchant.

« On ne vous martyrisera plus très longtemps, répondit-elle d'un ton sec. Cette comédie est sur le point de se terminer. »

L'inquiétude s'empara de lui. Une lueur vacillante s'alluma dans son regard.

« Quelle... quelle comédie ? »

Il avait si bien appris à bredouiller qu'il bégayait automatiquement quand il se mettait à avoir peur.

« Ne vous forcez pas à bégayer. De toute façon, toute cette simulation est terminée à présent. Cela fait longtemps que les médecins vous surveillent, et avec moi, vous avez joué votre dernier atout. »

Il bredouilla :

« Mais mademoiselle... mademoiselle Clarissa... »

Il tendit les bras dans un geste de supplique, comme s'il voulait l'attirer à lui. Mais elle resta à bonne distance et sortit les deux boîtes de leur étui.

« Ils auront tôt fait de vérifier de quoi il s'agit. Mais je vous conseille de ne pas me contraindre à vous dénoncer. Si vous cessez ce petit jeu, je vous épargnerai au moins la punition. Ne prenez pas la place des autres, dans notre service, de ceux qui sont vraiment malades. Vous feriez bien de quitter les lieux. »

Brancoric se mit à trembler ; elle voyait ses membres palpiter sous la couverture. Cette fois, ses tressaillements et ses bredouillements étaient bien réels. Son visage était livide, la sueur perlait sur son front.

« Pour l'amour du Ciel... madem... mademoiselle... Écoutez-moi... Je suis... je suis vraiment malade... je... je ne simule pas... Simplement... je... Je n'ai pas supporté... depuis le jour où ils m'ont donné cet uniforme, je... j'ai été un homme brisé... à chaque fois qu'un officier, qu'un médecin en uniforme me regarde, mes genoux se mettent à trembler, je me sens faible... je ne peux plus parler et… et je suis comme… épuisé… mes nerfs ne le supportent pas… le service militaire… et… et la guerre.»

Clarissa lui lança un regard implacable.

«Vous n'êtes pas malade… Vous êtes simplement un lâche… Voilà votre maladie.

– Oui… je suis un lâche… Vous pouvez appeler cela ainsi… Je… je suis comme je suis… Je ne peux pas m'empêcher de penser au pire… Vous… Vous ne pouvez pas savoir ce que c'est… Ce boucher de médecin… mais cela… je ne peux pas voir… pas supporter cette vision d'horreur… C'est vrai, j'ai peur… Avoir peur, c'est mourir mille fois, c'est pire que la mort… Les… les autres rient et jouent aux cartes dans les tranchées… et moi, je suis aux aguets… J'ai… j'ai peur de… de ma propre arme… Je n'arrive… même pas… à la toucher. Ce revolver avec son canon froid… je… ne peux pas… Les autres, ils n'ont pas de nerfs… Sentir la mort sous ses cuisses. Maintenant… maintenant… maintenant… J'attends constamment la grenade qui va nous massacrer… Et puis il y a tous ces hommes ensevelis… quand ils reviennent à eux… le visage dégoulinant… et ces cris quand ils sentent le sang d'un autre… Je n'arrive plus à respirer… Nous… nous étions sur un convoi de munitions, et ils… ils étaient assis sur d'énormes grenades qu'ils déchargeaient… Je… je tremblais à tout moment… à l'idée que l'une d'elles puisse tomber et exploser… J'en avais des sueurs froides… Je… je ne peux pas faire autrement… Oui… Ayez pitié de moi… Regardez-moi… Je suis complètement à bout… Je… je n'en peux plus.

– Bien sûr que vous êtes à bout si vous refusez de vous nourrir et si vous vous faites apporter des vomitifs par un misérable.

– Je pré… préfère mourir de faim plu… plutôt que de re… retourner au front… Je… Je ne veux plus… Plutôt mourir tout de suite… Je ne suis… suis pas un soldat, qu'ils me… me fassent construire des routes… Qu'ils me fassent creuser des latrines… Je peux… peux tout faire, mais je ne veux pas attendre que… que la grenade explose… Je ne… Je ne peux pas tuer quelqu'un… à la baïonnette et…»

Tout à coup, il sembla pris d'un spasme et se mit à geindre très fort :

«Et je ne veux pas… je ne veux pas… je ne veux pas… Qu'ils me battent à mort, qu'ils m'abattent tout de suite, mais je n'irai plus au front… Oui, allez-y… Dénoncez-moi… Dites-leur… que je n'irai plus au front. Je me fiche… de toutes ces idioties… Je… J'en ai vu trop… Je n'irai plus.»

Clarissa se détourna. Elle était écœurée. Mais en même temps, elle se souvenait qu'elle-même avait conjuré Léonard de ne pas rentrer en France. Elle le regarda. Son joli visage juvénile était décomposé, une peur terrifiante se lisait dans ses yeux qui s'allumaient et lui donnaient un peu l'air d'un aliéné. Sans le vouloir, contre sa volonté la plus intime, elle eut pitié de lui.

«Une chance que les autres ne soient pas des lavettes comme vous», dit-elle d'une voix méprisante.

Elle se tourna et voulut sortir.

«Non… non… restez», la supplia-t-il, et les larmes coulèrent sur ses joues. «Ne me… ne me méprisez pas… Je ne suis… qu'un homme… je ne suis… pas mauvais… Je n'ai jamais… fait de mal à personne… Je suis inapte. Quand un homme est inapte… je… je ne peux pas être soldat… Vous ne les avez pas vus… quand ils attaquent… baïonnette au fusil… vous n'avez pas vu… la hargne qui fait briller leurs yeux… Vous ne savez pas… ce que c'est… quand le vent apporte devant les tranchées l'odeur… l'odeur… de chair décomposée… ah… ah… et de se trouver là soi-même, de crier… ah… je ne peux pas… je… veux rentrer à la maison… Ma m… mère a une petite ferme… c'est là que je veux vivre… ne faire… de mal à personne… ah… je suis prêt… à aider n'importe qui… je vous le jure… mais… aidez-moi… aidez-moi… donnez… rendez-moi cela… quelle… quelle différence cela fait-il… que j'y sois ou que je n'y sois pas… Je… je ne ferai que déranger les autres… avec mon angoisse… Dem… demain, ils viendront… pour me martyriser à nouveau… Pour me p… palper comme du bétail avec leurs méchantes mains… ren… rendez-moi cela… Je… je vous en prie… au nom du Ciel… Pour… pour ma pauvre m… mère… Je suis son unique enfant… Elle… elle n'a personne d'autre que moi. »

Les larmes continuaient de couler sur ses joues. Elle était incapable de faire la part entre la vérité et le mensonge.

« Agissez comme vous l'entendez… Je ne veux rien savoir… Ce que vous faites, vous le faites à vos risques et périls. »

Elle lui jeta les deux boîtes et, comme si elle cherchait à s'échapper à elle-même, quitta la chambre.

*

Elle n'avait pas encore passé le pas de la porte qu'elle s'en voulut. « C'était un hasard. Je ne suis pas obligée de l'avoir vue. Mais qu'ai-je fait là ?! Je n'aurais pas dû lui rendre ces substances puisque je ne vais pas le dénoncer. Mais je n'aurais pas dû l'aider. » Au fond d'elle-même, pourtant, elle comprenait sa faiblesse. Le fait qu'il eût dit : « Ma mère n'a personne d'autre que moi », lui rappela que son propre enfant pourrait un jour dire la même chose. Qui aurait-il à part elle ? Dans tout ce qu'elle faisait, son enfant était désormais présent. Deux jours plus tôt, elle l'avait senti bouger dans son ventre. Depuis, elle voyait tout différemment. Pour elle, il n'y avait plus simplement l'État et le devoir. C'était comme si cet autre, dans son ventre, déterminait déjà sa vie.

*

Le lendemain, elle n'assista pas à la visite médicale. Elle refusait de participer à cette comédie. Elle ne voulait pas être obligée de supporter son regard qui cherchait de l'aide. Elle ne voulait pas être questionnée. En quoi cela la concernait-elle ? Elle évita le médecin. Pour la première fois dans sa vie, elle avait fait quelque chose qui n'était pas bien, qui n'était pas honnête. Elle se sentait souillée. Mais n'était-ce pas là que le début ? Quand l'enfant viendrait, ne serait-elle pas alors obligée de mentir, de se terrer, de cacher la vérité, de tromper son père, le curé, les amis, l'État, de mentir peut-être à cet enfant qui allait naître et qui ne devait pas savoir qu'il était l'enfant d'un ennemi ? Son moi n'était plus son moi. Elle était partagée entre la vérité et le mensonge, comme Brancoric, là-bas. Ne luttait-elle pas pour cette vie comme lui pour la sienne ?

C'est seulement au cours de l'après-midi, alors qu'elle le savait seul, qu'elle rendit visite à Brancoric. Elle le fit en violation de sa propre résolution. Mais elle était empêtrée dans ses contradictions. Il était allongé sur son lit, les yeux fermés, épuisé, et elle ne regrettait plus d'avoir agi comme elle l'avait fait. « Il est harassé comme une bête traquée. En couvrant ses agissements, je ne couvre pas un criminel ; il n'est pas fait pour tuer ; sa bouche est tendre comme celle d'un enfant. »

Il ouvrit les yeux et la reconnut. Un sourire passa sur ses lèvres, il la regarda en rayonnant.

« Dieu… Dieu vous bénisse… Dans huit jours… ils vont me déclarer inapte… j'étais vraiment si faible, hier soir… quand je me suis présenté devant la commission… avec le docteur Ferleitner… Si vous leur dites la même chose, je serai sauvé… Après vous avoir parlé… j'avais la gorge nouée… Je n'ai pas eu besoin de prendre quelque chose… je vous jure que je n'ai rien pris… je n'ai… vous le voyez… je n'ai rien pris… et je me sentais si mal en point que je n'aurais pas pu avaler la moindre bouchée, j'étais tellement désespéré parce que… parce que vous me méprisiez… je ne veux plus… Vous êtes une femme… Vous ne me méprisez pas… n'est-ce pas, mademoiselle Clarissa ? »

Elle eut du mal à se montrer intraitable.

« Si les médecins vous déclarent inapte et vous renvoient chez vous, c'est probablement parce que vous l'êtes vraiment. Cela ne me concerne en rien.

– Mais, n'est-ce pas… si l'on vous pose la question…

vous direz quelque chose… vous direz quelque chose en ma faveur… vous ne direz rien contre moi… Je… Je viens tout juste de recommencer à vivre depuis que je puis à nouveau espérer que… que l'on va me libérer… me permettre à nouveau de vivre en être humain. Je ne veux rien de plus… simplement vivre, simplement vivre… Nous avons une petite pharmacie dans notre ville… Je ne demande rien d'autre qu'une modeste petite existence… et je peux travailler… Simplement, il me faudrait quelqu'un à mes côtés qui puisse m'aider… Je suis un être faible, je suis irréfléchi et j'ai trop tendance à faire confiance à tout le monde. Je perds facilement courage… Vous savez combien je suis faible… Sans vous, je me sentirais perdu… Vous avez été dure avec moi… Mais vous m'avez compris… Il faut à présent que je commence une nouvelle vie, que je recommence à zéro… Il me faudrait quelqu'un près de moi… qui m'aide, qui me soutienne… Quelqu'un comme vous… À chaque fois que je vous vois, si discrète, si sûre de vous, si efficace, je… je pense à ce que je pourrais être si quelqu'un comme vous restait avec moi… Il faut que je me débarrasse de ce damné uniforme… Il faut que je quitte cet hôpital… Vous seule me manquerez. Je me suis tant habitué à vous… Je sais que je ne pourrai pas vivre sans vous… Clarissa… Est-ce que vous accepteriez de m'aider ? »

Clarissa ne comprenait pas.

« Comment puis-je vous aider ? » Elle trouvait son attitude sentimentale et sourit. « Les choses seront pour vous à nouveau comme elles l'étaient auparavant. »

Il lui adressa un regard ému et reconnaissant.

« Non… En fait, c'est que… j'ai besoin de vous… Je veux dire… si… s'ils me libèrent effectivement, maintenant… Je ne suis rien… Rien qu'un homme malade et faible… Mais s'ils me libèrent vraiment et si je peux rentrer à la maison… Est-ce que… est-ce que vous accepteriez de m'accompagner ?… Je… Le prêtre m'a dit que dans mon état, ils me libéreraient en deux jours… Si les médecins savent que vous m'épousez… Vous me sauveriez en faisant cela… ils me libéreraient rien que pour vous faire plaisir… Ils vous aiment bien, tous les gens vous aiment bien… Mais personne ne vous aime comme moi… Vous avez été le seul être pendant toute cette horrible période qui s'est montré bon envers moi… et vous seriez toujours bonne avec moi… Vous ne pouvez pas être autre chose… Que voulez-vous faire ici… Je… J'ai besoin de vous… Il y en a d'autres qui peuvent donner des soins et… nous pourrions nous marier immédiatement… c'est si facile, à présent… Ma mère serait tellement heureuse…

– Non.» Clarissa le fixa du regard. «Voilà que vous voulez aussi me soudoyer. Vous soudoyez le prêtre avec votre piété, vos camarades avec de l'argent, et moi en me faisant une demande en mariage. Vous devez avoir de la fièvre», dit-elle.

Elle croyait qu'il cherchait simplement à l'acheter en lui proposant un marché. Elle trouvait cela cynique et quitta la chambre.

*

À peine eut-elle refermé la porte derrière elle qu'elle s'arrêta, tant son cœur battait fort. Elle éprouvait de la colère et de la honte à la fois. Cette demande en mariage était arrivée de façon si inattendue ! S'était-elle montrée trop affectueuse à son égard ? Le fait que quelqu'un puisse lui demander sa main lui apparaissait comme un crime vis-à-vis de Léonard, et en même temps, elle était en proie à un sentiment étrange. Elle était touchée par ses remerciements. Mais ensuite, une sorte d'exaltation s'empara d'elle à l'idée qu'elle pourrait écrire à Léonard : «Quelqu'un a déjà demandé ma main», à l'idée que quelqu'un puisse lui être dévoué à ce point – c'était le premier qui demandait sa main. «S'il savait, pensa-t-elle, que je… porte l'enfant d'un autre… Est-ce qu'il en serait effrayé ?» Elle aurait trouvé cela déplaisant. Elle ne pourrait plus retourner le voir. L'admiration que Brancoric lui portait serait anéantie. Lui aussi la mépriserait, comme les autres.

Décembre 1914

Elle ne trouva pas le sommeil cette nuit-là. Elle devait penser à l'avenir, malgré sa fatigue. Cette étrange demande en mariage lui avait fait prendre conscience de la difficulté de sa situation. C'est ce qui l'empêcha de dormir cette nuit-là. Elle ne savait pas ce qui allait advenir – tout lui avait semblé si facile jusque-là, personne ne se doutait de rien. Le fait qu'on l'admirât lui avait plutôt fait du mal. Elle avait toujours méprisé le mensonge, et à présent elle devait mentir elle-même, mentir encore et toujours.

Elle se regarda dans le miroir. Elle avait l'impression que tout le monde la surveillait. Elle se demanda si elle ne ferait pas mieux de partir tout de suite. Mais elle était terrifiée en pensant à son père : comment pourrait-elle lui expliquer tous ces mois d'inactivité ?

Elle se leva sans être reposée. Elle ne contrôlait pas ses mouvements. Elle dut s'asseoir dans un fauteuil. Le docteur Ferleitner lui demanda : « Qu'avez-vous, mon enfant ? Vous ne me plaisez pas du tout. Vous avez l'air surmenée. Il faut que vous vous reposiez un peu. Vous devriez aller dormir après le déjeuner. Nous aurons besoin de vous ce soir. Vous entendez ? Ce soir, le service d'information des Armées nous offre une représentation de cabaret. Les patients les moins atteints y vont, et vous devrez les accompagner. »

Clarissa refusa d'un geste. Elle avait déjà assisté une fois à ce genre de manifestation. Le service d'information des Armées faisait des tournées, donnait des opérettes et des chansons légères, entrecoupées de déclamations patriotiques, à la fois pour occuper les comédiens et pour divertir les malades. C'était bien pensé : un peu de musique, un peu de gaieté. De cette façon, les blessés ne se sentaient plus aussi délaissés, aussi oubliés quand ils apprenaient en lisant les journaux de Vienne comment on s'amusait dans la capitale ou à Budapest.

Clarissa n'avait pas envie de s'y rendre et demanda au médecin de la dispenser. Elle connaissait déjà tout cela, si bien que ce genre de divertissement lui était douloureux, en tout cas à ce moment-là. Mais le docteur Ferleitner insista. Il dut la convaincre.

Le cabaret était installé dans le mess des officiers, une salle dotée d'une petite scène. Pour le public, on avait prévu des tables ; c'est là que se trouvaient les officiers et les blessés ; à l'arrière, il y avait des bancs pour les soldats. On autorisait certains civils à entrer. Le soir venu, l'arrivée des blessés fut un moment bouleversant ; on fit entrer les amputés allongés sur des civières. Une légère odeur d'iodoforme se répandit. Les médecins militaires accompagnaient les malades ; seuls ceux qui étaient gravement atteints ne vinrent pas. On distribua des programmes qui avaient été tapés à la machine dans les bureaux de l'administration. On avait annoncé une cantatrice d'opéra plutôt décatie, de même qu'un chansonnier du Karlstheater, des comédiens du Burgtheater qui devaient jouer des extraits de deux pièces de Schnitzler, *Anatole* et *Le Souper* ; la chanteuse d'opérette Carmen Mariilla chanterait quelques airs : c'était ce qu'on pouvait appeler une soirée variée.

On avait demandé à Clarissa de prendre place à la table réservée au docteur Ferleitner – la table des médecins. Le chansonnier commença. Il se moqua des ennemis. Le public applaudit à tout rompre. Tous étaient ravis. C'était juste ce qu'il fallait pour les malades. Clarissa, elle, resta pétrifiée. Elle n'écoutait pas vraiment. Cette gaieté lui faisait mal. « Oui, nous aurons du vin », chantait-on. Elle se demanda si elle ne ferait pas mieux de se lever et de partir. Puis ce fut le tour de la diva d'opérette, une jeune créature. Elle dansa et chanta un air de Franz Lehar. Elle avait une jolie voix. «Une personne séduisante», disaient les gens. Elle avait quelque chose d'électrisant. Elle continua de chanter. Clarissa n'écoutait pas. Elle ne parvenait pas à se libérer de sa morosité. Mais pendant la deuxième strophe, quelque chose se réveilla en elle. Elle remarqua les mouvements gracieux de la chanteuse. Elle était jolie, sous son maquillage. Elle portait le chapeau de paille traditionnel des Viennois. Cette jeune femme avait quelque chose qui l'attirait, qui l'intéressait. Quand elle quitta la scène, les applaudissements semblèrent ne pas devoir finir; on lui apporta des bouquets de fleurs. Elle remercia le public, même après le numéro suivant. Clarissa vit la chanteuse prendre des fleurs à la table des officiers et les offrir aux blessés. C'était charmant de la voir se pencher vers chacun d'eux. «Quelle personne adorable», murmurait-on. «Nous devrions la prier de venir s'asseoir à notre table.» Elle passa en adressant un sourire à chacun. À cet instant, Clarissa ressentit au fond d'elle-même comme un choc. Elle se leva, se dirigea vers la chanteuse : «Marion?»

La diva d'opérette se retourna.

«Clarissa!» s'écria-t-elle, et elle l'embrassa avec l'affection d'antan.

Clarissa la regarda : à présent, sous le maquillage, elle lui semblait avoir un peu changé – il faut dire qu'elle ne l'avait pas vue depuis près de quatre ans.

«J'ai si souvent pensé à toi. Si seulement j'avais su où tu étais. Et te voilà infirmière! Je n'ai pas osé écrire à ton père. Viens! Il faut que nous nous racontions tout. Asseyons-nous à une table.»

Clarissa s'excusa auprès de ses voisins en expliquant qu'elle ne tarderait pas à revenir. Ceux-ci étaient un peu surpris par tant de familiarité. Clarissa s'assit près de Marion; elle lui raconta combien tout le monde, au pensionnat, avait été effrayé par sa disparition, et que personne ne lui avait donné de nouvelles. Ils craignaient qu'elle n'eût attenté à ses jours.

« Je n'en étais pas loin, répondit Marion. Et en fait, je ne pensais à rien d'autre quand je me suis enfuie ce jour-là. Tu te souviens, un jour, près du lac de Genève, j'étais prête à le faire, et à cette époque-là, ce n'était pourtant que par dépit, à cause d'une amourette stupide. Je ne savais pas encore ce qui m'arrivait. Mais cette fois, quand cette garce m'a appris cette histoire de *bâtard*, j'ai soudain tout compris, j'ai compris pourquoi ma mère me trimballait et me cachait, pourquoi de vieilles gens qui en savaient plus sur mon histoire que moi-même me caressaient les cheveux en prenant un air apitoyé. Je me souvins de tout cela, de cette dame d'un certain âge, en deuil, qui m'avait regardée en murmurant : «La pauvre enfant», et surtout, je savais désormais pourquoi la famille de Raoul, à Évian, avait cessé tout contact avec nous; depuis cette époque, ma mère ne m'emmena plus et me plaça chez vous, me cacha chez vous. Je compris ce jour-là que toute ma vie était gâchée, ou en tout cas, c'est l'impression que j'avais; je n'étais encore qu'une sotte enfant; mais je ne crois pas que je pourrai me sentir un jour dans ma vie aussi malheureuse que ce soir-là où ils m'enfermèrent dans la chambre comme un chien galeux. Ils avaient pris une décision à mon sujet, mais je ne savais pas laquelle et je ne voulais pas le savoir. Tôt le matin, je confectionnai une corde avec des draps, je m'échappai par la fenêtre et j'escaladai le mur du jardin. Dans la chambre, il y avait une boîte en fer destinée aux pauvres pour qui nous faisions la quête. Je l'ai forcée afin d'avoir un peu d'argent pour le train; j'espère que ma mère leur a remboursé cette somme – voleuse ou pas, plus rien n'avait d'importance pour moi… Tu sais ce que c'est… Ou plutôt non, tu ne peux pas imaginer ce que cela signifiait pour moi d'être considérée comme une exclue, un enfant naturel – tu me connais, tu sais combien j'ai besoin de savoir qu'on m'aime… Je ne supporte pas que quelqu'un me regarde de haut… Enfin, j'attrapai mon train avant que les chères bonnes sœurs ne puissent lancer des recherches. J'arrivai ensuite à Vienne sans savoir où aller... J'avais bien des parents et des amis... Mais j'aurais préféré me jeter du quatrième étage plutôt que d'aller chez quelqu'un depuis que je savais à quoi m'en tenir... Je suis allée – ne te moque pas – au musée. Qui aurait l'idée d'aller me chercher au musée, pensai-je... Ils sont probablement déjà allés me chercher dans le Danube... L'après-midi, j'ai mangé quelque chose dans une pâtisserie et j'ai traîné... Peu à peu, la peur m'a gagnée car je ne savais pas où dormir le soir... On ne peut tout de même pas aller dans un hôtel, je n'en aurais pas eu le courage et... j'étais fatiguée, très fatiguée... Mais alors que j'étais assise dans le jardin Schwarzenberg, je vois passer devant moi un jeune homme, assez élégant, un être charmant, d'ailleurs, qui revient sur ses pas, passe et repasse devant moi. Finalement, il m'adresse la parole... Enfin, tu peux imaginer ce qu'il m'a dit... Les discours habituels. On est seul... Finalement, il avait raison : je me sentais très faible tant j'étais seule... Nous sommes alors partis ensemble manger quelque chose, et puis il m'a demandé si je voulais l'accompagner chez lui... Je savais bien sûr quelles étaient ses intentions, après tout, je n'étais plus si sotte que cela... Mais tout m'était indifférent à ce moment-là, toute ma vie... Celui-là ou un autre, me dis-je, de toute façon, quand on est un déchet comme toi, la respectabilité et ce qu'il est convenu d'appeler l'honneur sont fichus... Et c'était peut-être même pire... J'éprouvais une sorte de malin plaisir à nous faire du mal, à ma mère et à moi... D'ailleurs, je te l'ai dit, ce jeune homme était un être vraiment charmant. Dans mon malheur, je peux rendre grâce à Dieu d'être tombée sur lui... Les choses auraient pu prendre une tout autre tournure. »

Marion s'enfonça dans son siège et se mit à rire.

« Pardonne-moi, Clarissa... Peut-être me trouves-tu... disons un peu légère de rire de cette façon... Mais cette histoire était si drôle... Il... J'ai vraiment eu pitié de lui quand il s'est rendu compte par la suite que je n'étais pas tout à fait inexpérimentée... Tu aurais dû voir la peur, la peur infernale qui s'est emparée de lui quand je lui ai dit sans penser à mal que je n'avais pas encore dix-sept ans... Le pauvre garçon en était tout retourné, on eût dit que la police était déjà à ses trousses pour détournement de mineure... Oui, pardonne-moi de n'avoir pu m'empêcher de rire, mais c'était tellement drôle... Me voir là, au milieu de la chambre, dans un déshabillé des plus légers... C'est moi, la victime inno-cente, qui ai dû finalement consoler le séducteur et lui promettre que je ne dirais rien à personne!... Mon Dieu, que les hommes sont bêtes... Il m'a pour ainsi dire sug-géré l'idée que je pourrais le faire chanter comme bon me semblait... "Pourquoi ne m'as-tu rien dit" s'est-il écrié, au comble du désespoir. "Tu ne me l'as pas demandé. Comment veux-tu que je sache..." Je crois qu'il aurait donné sa vie pour pouvoir annuler ce qui venait de se passer alors que moi, qui étais tout de même plus concernée que lui, je m'en fichais... Je n'ai pu m'empêcher de rire, comme à l'instant... Enfin, au bout du compte nous avons eu de la chance tous les deux l'un avec l'autre... C'était vraiment un être charmant, et par bonheur, il avait aussi de l'argent... Il voulait se débar-rasser de moi, à cause de sa peur panique – il travaillait dans un ministère, et le moindre scandale lui aurait brisé la nuque – et donc, il s'est contenté de me dire d'aller à Berlin – le plus loin possible, comprends-tu – et d'y faire des études; il était prêt à les payer et à me rendre visite de temps à autre... Personne ne pouvait être plus heureux que moi à l'idée de disparaître... Je suis donc partie pour Berlin où j'ai étudié au conservatoire, pen-dant un an – il faudra que je te raconte certains détails à ce propos – et ensuite, quand ses angoisses ont com-mencé à s'estomper, je suis retournée à Vienne. Ma voix ne vaut pas grand-chose, tu t'en es sans doute rendu compte toi-même, et je ne serai jamais une grande vedette... Mais pour l'instant, cela me convient assez. J'ai un ami charmant... Bizarrement, il s'en est même trouvé un qui voulait m'épouser, mais j'ai tout mon temps... Tu sais, quand je repense à cette époque, j'ai l'impression que c'est un miracle que je n'aie pas complètement perdu pied.»

Clarissa l'avait écoutée en silence : c'est à l'expression de son visage que l'on reconnaissait Marion. Finalement, elle lui demanda :

«Et ta mère…

– Que le diable l'emporte, répondit Marion d'une voix courroucée. Je n'en ai rien à faire. Il ne manquerait plus que cela.

– Mais Marion…, dit Clarissa, sincèrement choquée.

– Qu'ai-je à voir avec elle ? Pourquoi m'occuperais-je d'elle ? Elle ne s'est pas occupée de moi non plus. Quelques bonbons par-ci, un voyage par-là, tout cela pour se donner un air de respectabilité – à la fin, elle avait peur de se montrer en ma compagnie et s'est débarrassée de moi. Pourquoi m'a-t-elle menti, avec cette histoire de consul en Bolivie ? Tu te souviens, n'est-ce pas ? Je ne sais toujours pas au jour d'aujourd'hui qui était mon père. Un jour, je lui ai parlé, je lui ai posé la question tout de go… et elle s'est mise à bredouiller qu'il était mort avant d'avoir pu l'épouser… J'ai vu sur ses lèvres que chaque mot qu'elle prononçait était un mensonge. Non, Clarissa, on ne pardonne pas pareille chose…

– Mais Marion, elle est et reste ta mère.

– Malheureusement… On ne peut pas choisir sa mère… Et après tout, a-t-elle réfléchi ? S'est-elle souciée de moi ?… Je ne lui suis pas redevable de quelque chose qui ressemblerait au respect filial… Ce que j'ai compris après coup ne la rend pas très admirable à mes yeux… Tous ces "oncles" que j'ai connus durant mon enfance, quand je pense à eux…»

Marion s'interrompit.

«Tu sais… Tu peux me considérer comme une extravagante si tu veux… Parfois, quand l'un de ces messieurs d'un certain âge me fait la cour, je me contente de le regarder et je me dis : en voilà un qui pourrait être ton père… Peut-être l'ai-je déjà rencontré, peut-être pas… Peut-être connaît-il mon existence, mais ma mère ne le connaît peut-être pas elle-même… Non, ma chère, on ne pardonne pas une chose pareille… Eh oui, rien ne se passe comme dans les romans où un beau jour un riche gentilhomme entre dans la pièce et dit : "Chère enfant, je t'ai cherchée ma vie durant."… Ce pourrait être celui-ci ou celui-là… Parfois, quand on les voit dans le miroir, on pense : est-ce que mon père ressemble à l'un d'eux ?… Je sais que c'est bête, peu importe qu'on soit un enfant légitime ou non, mais cela vous marque tout de même pour la vie… Je ne suis certes pas devenue une sainte, tu t'en rends compte, mais je ne voudrais pas infliger cela à mon enfant… Pour l'amour du Ciel…»

Elle s'interrompit, affolée.

«Mon Dieu, Clarissa, mais qu'as-tu ?…»

Clarissa s'était soudain agrippée au rebord de la table. Tout à coup, son regard se voila – un peu comme quelques semaines plus tôt. Tout se mit à chavirer autour d'elle. Mais cette fois, elle se ressaisit.

«Ce n'est rien, ce n'est rien, Marion, bredouilla-t-elle. C'est juste cette chaleur effrayante qui règne ici et… et je suis surmenée.»

Elle vida prestement le verre qui se trouvait devant elle. Marion s'était assise à côté d'elle.

«Oui, il faut que tu te reposes. D'ailleurs, tu as l'air… tu as l'air d'avoir beaucoup changé… Sur le moment, je ne t'aurais pas reconnue. Attends… Je t'accompagne dehors…»

Clarissa se leva péniblement. Tous la regardèrent sortir en chancelant. Une peur folle s'était emparée d'elle – maintenant, chacun allait s'en rendre compte, chacun allait en parler. Elle avait attendu trop longtemps, presque quatre semaines. À présent, il lui sembla qu'elle était perdue, trahie.

*

Elle était allongée sur son lit, les yeux grands ouverts, et fixait le vide en tentant de reprendre ses esprits. «Partir… Je dois partir… Tout le monde aura remarqué… Cet évanouissement, il y a quelque temps, et à présent ce malaise… Marion m'a bien dit que j'avais changé… Elle aussi… Je ne peux pas attendre que les gens se mettent à jaser ici… Je sais comment ils sont, je connais leurs pensées abjectes… Je ne suis pas capable de jouer la comédie. Il faut que je rentre à Vienne… Demain à Vienne… Non, il faut d'abord que j'obtienne un congé ici à cause de mon père… Il m'écrit toutes les semaines, et je me ferais remarquer en m'enfuyant si vite. Il faut que je reste au moins jusqu'à la fin du mois… Oh mon Dieu, encore sept jours, et si une seule personne se rend compte de quelque chose, tous seront au courant… Oui, et il faut aussi que j'écrive au professeur Silberstein, que je lui écrive dès demain afin qu'il fasse tous les préparatifs nécessaires à Salzbourg… Mais comment vais-je expliquer à mon père que je pars pour Salzbourg, en plein hiver… Je ne peux tout de même pas lui dire que je vais faire du ski… Il faut lui faire croire que je suis malade… Ah! Mentir! Devoir mentir désormais chaque jour, à chaque moment… Mentir à Père, aux autres, à chacun… Mentir à mon propre enfant. C'est une chance d'avoir rencontré Marion… Oh mon Dieu… Oh mon Dieu. Quand je pense à la façon dont elle parlait de sa mère… Si jamais elle apprend…»

Un frisson la parcourut.

«J'aurais dû le faire tout de même. J'aurais dû m'en débarrasser… À présent, il est trop tard, aucun médecin n'y consentira… Un enfant sans père… Comme le disait Marion… je n'y ai pas assez réfléchi… Mais comment réfléchir, aussi, quand on est accablé d'un pareil malheur… Je croyais comme les autres que cette guerre ne durerait qu'un mois, deux mois… Maintenant, Noël est passé, et Père m'écrit : "Nous devons nous préparer à une année, voire à plusieurs années de guerre." Le fils de Léonard naîtra, et lui n'en saura rien… Il ne pourra pas lui donner son nom… Et en tant que Français, il ne pourra pas non plus le faire plus tard… Avoir un enfant d'un Français, d'un ennemi en temps de guerre… Peut-être est-il déjà tombé… Comme des millions d'autres lors de l'offensive… Mon enfant ne connaîtra jamais son père et… je ne pourrai peut-être jamais lui dire qui il était… Je ne peux épouser Léonard… pas maintenant… il n'a pas encore divorcé et… Père m'a écrit… Je n'ai pas assez réfléchi à tout cela… Que sait-il donc, ce vieil homme. Il exagère tout… Le professeur Silberstein n'a pensé qu'à la façon de le mettre au monde, mais il n'a pas songé à la manière dont mon enfant devra vivre dans ce monde… Il n'a pensé qu'à moi, à moi seule, et non à l'enfant… ni au fardeau que je lui ferai porter. Non, il n'y a pas d'issue… Pas d'issue. »

Un sentiment d'horreur s'empara d'elle. Il n'y avait aucune solution. « Le mieux, c'est que j'en finisse… À l'heure qu'il est, personne n'est encore au courant… Si je meurs, ils n'y verront que du feu, ils ne diront rien… Il suffit que je le fasse discrètement… Surtout, ne pas me jeter par la fenêtre, comme voulait le faire Marion… C'est trop horrible, et alors, ils sauront… Il ne faut pas non plus me noyer… Si seulement je pouvais avoir une infection… Il serait heureux, alors, le vieil homme… Sa fille aussi serait morte en accomplissant son devoir. Une mort de héros. C'est la seule chose qui pourrait dédommager ce vieillard… Il faudrait que je me procure un produit, discrètement… Quelque chose qui provoque une méningite… Il y en a tant qui en sont morts… Mais comment me procurer ce produit ? À la pharmacie, mais là, on met tout sous clef, et je ne sais pas où. Et le docteur Ferleitner, ce brave imbécile, ne me comprend pas. Cependant, si je lui disais que j'attends un enfant d'un Français, il me l'enlèverait en considérant que c'est un acte de patriotisme… Mais il est trop tard… Et je ne veux pas vivre sans mon enfant… Le docteur Silberstein a raison, mon père ne me le pardonnerait jamais… Nous serions exclus tous les deux de sa vie… de la vie… Ce monde ne serait qu'une horreur pour lui… Peut-être n'est-il déjà plus en vie… Mais comment puis-je me procurer ces produits ? Dans l'armoire, il y a du poison, de la morphine… Mais l'intendant ne le délivre que sur ordonnance. Cela doit être possible. Avec de l'argent, tout est possible… Brancoric s'est bien procuré cette poudre…»

Soudain, ses pensées se figèrent. Ce fut comme un choc. Brancoric! Lui pouvait l'aider. Il était prêt à tout. Il connaissait les combines, les chemins à suivre. Elle pouvait le lui demander, voire l'exiger de lui, si elle l'aidait à son tour. Et que le diable emporte l'humanité s'il ne l'aidait pas. Brancoric lui était entièrement dévoué… Il pourrait peut-être… Il lui avait bien dit qu'il voulait l'épouser… Il y avait donc quelqu'un qui se chargerait de cela… Quelqu'un était prêt à faire affaire avec elle… Il était faible et il pouvait la comprendre… Il connaissait la peur, cette peur infernale… Il allait lui procurer ce qu'elle demandait, c'était à cet homme qu'elle devait soumettre son problème… Tout se réglerait alors grâce à de l'argent. Il voulait l'épouser. Si besoin était, il se le procurerait peut-être lui-même. Les détails devenaient de plus en plus flous. Elle ne savait plus qu'une seule chose: lui pouvait l'aider. Mais l'idée de l'épouser lui était insupportable. Elle se tourna si brusquement sur le côté qu'elle sentit son enfant bouger. Mais aussi sa propre volonté de vivre.

*

Clarissa ne trouva pas le sommeil cette nuit-là. Quand elle s'habilla, le lendemain matin, sa résolution était prise. Tout en elle n'était qu'intransigeance, tout en elle n'était qu'indifférence. Elle ne savait plus ce que pudeur et honte voulaient dire. Elle sentait en son for intérieur une intransigeance qu'elle n'avait pas connue depuis des mois, comme quelqu'un qui part au combat.

Elle entra dans la chambre de Brancoric. Il était seul. Il n'y avait qu'un officier, dans la chambre voisine, qui pouvait voir ce qui se passait dans la salle commune. Quand elle entra, il se redressa dans son lit:

«Enfin! Vous voilà! Je vous ai attendue toute la journée, hier. Vous m'en voulez? Que vous ai-je donc fait?… Je n'avais pas de mauvaises intentions.

– Cessez cela, dit-elle d'un ton ferme. Pas de sentiments. Êtes-vous en bonne santé, aujourd'hui ? »

Il la regarda d'un air incrédule…

« Vous savez bien… Je suis fatigué… Pourquoi me demandez-vous cela ?

– Je veux savoir si vous avez les idées claires et si l'on peut parler franchement avec vous. »

La peur s'empara à nouveau de lui. Il pâlit. Ses tremblements reprirent.

« Est-ce que… est-ce qu'il est arrivé quelque chose ? N'hésitez pas à me le dire, s'écria-t-il d'une voix suppliante. Ne me cachez rien… Pour l'amour du Ciel, parlez… Je ne supporte pas l'incertitude… Cela me dévore et me bouleverse… J'imagine les choses les plus abominables… Quelles que soient vos intentions à mon égard, je veux les connaître.

– Il n'y a aucune charge contre vous. La haute commission d'arbitrage se réunira samedi. Vous le savez.

– Et… et…

– Eh bien, tout se décidera ce jour-là. »

Il la regarda d'un air absent.

« Que… quoi… P… pour… l'amour… du Ciel… Est-il arrivé quelque chose… qu'est-ce que… vous avez dit contre moi… Vous m'en voulez parce que je…

– Ne racontez pas de sornettes, dit-elle d'un ton presque virulent. Et arrêtez de m'irriter avec vos éternelles angoisses. Cessez donc de penser constamment à vous-même. Cela me dégoûte de vous voir vous cramponner à moi. Il y a des millions de gens au combat. Des millions de gens qui s'occupent des autres et en même temps d'eux-mêmes. Vous croyez toujours que vous êtes le seul. Essayez donc de faire un peu abstraction de vous-même. D'autres personnes existent à qui vous pouvez rendre service. Il faut que je vous parle, que je vous parle sérieusement… Peut-être pouvez-vous m'aider.

– Ce serait… » – ses yeux rayonnèrent comme s'il était tout à coup soulagé – « ce serait… merveilleux. Vous savez bien que je me sacrifierais volontiers pour vous.

– Cela suffit, rétorqua-t-elle d'un ton cassant. Pas de

sentimentalisme. J'ai horreur de ces exagérations. Cela…
cela me dégoûte. Comment dois-je m'adresser à un
homme… Je vais vous parler franchement. C'est un peu
un marché que j'ai à vous proposer. »

Il leva les yeux et attendit, obéissant. À présent,
c'était à elle de parler, et c'est alors seulement qu'elle
éprouva une certaine difficulté.

« Écoutez, Brancoric… Je vais vous dire franchement
ce que je pense de vous. Bien que vous soyez lâche, vous
avez été irresponsable… vous lever et oublier comment
l'autre, là-bas… Vous êtes un être faible, mais vous
n'êtes pas mauvais… Je vous ai observé pendant près de
quatre semaines… Je vous considère comme un être
faible… comme quelqu'un qui n'est pas tout à fait honnête… Mais au fond, je pense que vous êtes bon… Je crois
que vous… que vous seriez capable d'être malhonnête,
je sais avec quelle facilité vous pouvez mentir… et même
vous abuser vous-même… je ne me trompe pas du tout
sur votre compte… Mais je suis convaincue que vous êtes
incapable de faire quelque chose de mal, de commettre
une ignominie… Je crois même que vous ne profiteriez
pas de la situation si l'on se confiait à vous. »

Brancoric s'apprêtait à lever les bras pour protester.

« Non… Pas de grandes phrases… Je ne supporte pas
les grandes phrases. Je vais vous demander un service.
Directement et franchement. Et vous me répondrez sincèrement. Essayez d'être sincère. »

Elle eut un moment d'hésitation.

« Vous m'avez fait une sorte de demande en mariage…
Vous m'avez dit que vous vouliez m'épouser – sans vous
préoccuper de savoir si cela me rendrait idiote ou fière.
Je sais bien qu'on est capable de beaucoup de choses.
Mais bien sûr, je n'y pense pas un instant. Peut-être vous
êtes-vous convaincu que vous m'aimez – vous avez une
peur hystérique –, et un dixième seulement de vos propos est vrai. Je crois avoir agi avec générosité et honnêteté à votre égard, en tout cas je vous ai mieux traité que
ne l'eût exigé mon devoir. J'ai agi ainsi parce que j'avais
peur, confusément, que vous sautiez du haut d'une tour

ou que vous mettiez le feu à l'hôpital. Il est possible que vous éprouviez en ce moment de la reconnaissance à mon endroit. Mais ne me croyez pas naïve, je sais exactement ce qui vous a poussé à me faire cette étrange demande. Vous espérez que, si les médecins m'entendent, ils me traiteront comme l'un de leurs confrères, qu'ils se montreront bienveillants vis-à-vis de moi. Vous pensez que, si un mariage en urgence était possible, on pourrait croire que j'agis par pitié. Non, je ne surestime pas votre détermination. Vous feriez n'importe quoi, sans aucun doute, pour vous faire exempter. Vous auriez alors atteint votre objectif. Non, ne protestez pas. Je sais que vous pensez cela au fond de vous-même. C'est votre angoisse dévorante qui vous a soufflé cette excellente idée. C'est un rêve dicté par votre angoisse. Sur le moment, j'ai été injuste avec vous. Votre réaction était tellement maladroite. À présent, je la comprends mieux. J'ai réfléchi à ces choses en toute tranquillité, et je vous remercie. Vous pourriez m'aider d'une autre façon, que vous n'envisagez pas. Par intérêt. Mais il serait possible que moi, en revanche, je puisse y trouver un intérêt. Je dis bien : un intérêt. Hier, j'ai été quelque peu surprise... Je m'attendais à tout, mais quand vous dites que vous avez des projets de mariage... vous mentez. Non que cela m'ait offensée. Mais chercher mon salut de cette façon, ce n'est pas envisageable, même si je sais au fond que vous n'êtes pas malade. »

Brancoric ne parvint pas à se contrôler plus longtemps.

« Vous seriez prête...

— Silence ! Pas d'émotions ! Pas de sentiments ! Vous avez dans l'idée de m'épouser. Mais vous savez que c'est impossible. J'attends de vous un service d'une nature un peu différente. Le mariage est inconcevable pour moi... Il y a un obstacle... Est-ce que vous seriez prêt à faire un sacrifice ? Je dois vous parler. Pour ce qui est du mariage, je crains que...

— Plus vite vous parlerez, mieux ce sera. Nos intérêts sont convergents.

— Je vous ai dit d'attendre. Il nous faut d'abord

réfléchir pour savoir si… si un obstacle ne va pas faire échec à votre projet, un obstacle qui pourrait modifier votre détermination, votre opinion et votre demande…

– Rien… Rien.» Il était extrêmement agité.

« Écoutez, Gottfried Brancoric! J'attends un enfant.» Brancoric écarquilla les yeux de stupeur. Il se mit à bafouiller.

«Vous! N… Non… C'est impossible.»

Elle l'observait en silence.

«Impossible… Vous!!!

– Oui, moi!»

Il la regarda fixement pendant un moment. Il avait besoin de se ressaisir avant de pouvoir poursuivre, de la voix la plus naturelle, fluide et rapide.

«Oui, mais… et… cela ne change rien… Absolument rien… Chez nous… on ne réagit pas de façon… aussi lamentable. J'ai… J'ai toujours aimé les enfants… Pourquoi devrais-je… J'aimerai votre enfant plus que les autres… Cela n'a absolument aucune importance…»

À présent c'était au tour de Clarissa d'écarquiller les yeux. Elle pensait que cela la discréditerait forcément à ses yeux et qu'elle devrait parler du reste. Quand il remarqua son hésitation, c'est d'une voix presque enthousiaste qu'il dit :

«Absolument aucune… Au contraire… J'avais tellement honte face à vous… Maintenant, j'ai une raison de plus de vous montrer… combien je vous suis reconnaissant… Je me sentais tellement avili… Je… ressens… Je crois qu'à présent, je vous aime encore plus.»

Cette insouciance mit Clarissa mal à l'aise.

«Brancoric, ne puis-je donc vous parler en toute franchise… Vous n'avez tout de même pas… sérieusement l'intention… de donner votre nom à cet enfant? Un enfant qui n'est pas le vôtre et dont vous ne connaissez pas le père, un enfant qui vous est totalement étranger? Votre nom?!

– Mais… bien entendu… si vous le permettez.»

Elle le regarda, interloquée.

«Vous êtes… Vous êtes l'être le plus étrange que j'aie

jamais rencontré… Au fond de vous-même, vous êtes plein de reconnaissance et d'inconscience, si bien qu'on peut sans mal s'imaginer… que cela ne vous dérangerait pas du tout, vous qui êtes un homme. Seulement… Vous avez pris cette résolution simplement parce que vous espérez de cette manière pouvoir sortir d'ici. Et vous ne vous en sentiriez ni embarrassé ni humilié ? Cela ne vous gênerait pas qu'on prenne cet enfant pour le vôtre ?

– N… non. Rien ne me gêne avec vous… Je vous admire tant ! Qu'il vive ! Que vive cet enfant ! Et qu'il porte mon nom. »

Clarissa lui coupa la parole d'un ton sec.

« Ne faites pas de grandes phrases… Je vous en prie, pas de grandes phrases… Je n'ai pas le cœur à cela… C'est une question de vie ou de mort… Je ne le supporte pas… Je ne supporte pas cette légèreté avec laquelle… Vous avez éprouvé un sentiment de pitié pour moi, et non de l'amour… Vous dites que cela ne vous dérange pas que je… que je sois… liée à un autre homme. Mais moi, à vrai dire… cela me dérangerait… d'épouser un autre homme que son père… pour assurer un nom à mon enfant. Il ne pourrait s'agir que d'un mariage blanc… Un mariage qui ne vous donnerait aucun droit… et un mariage que nous résilierions ensuite d'un commun accord, un mariage que je ne contracterais que pour cet enfant, et non pour vous ou pour moi… Vous refusez de me comprendre… Selon vous, c'est une question de forme. Vous voulez m'épouser parce que vous y voyez un avantage pour vous-même ; et ce mariage en constituerait également un pour moi. À vos yeux, c'est une affaire de pure forme. Mais moi, je veux un père pour cet enfant, je veux un nom… Ce serait… Ce serait un mariage simulé comme… comme votre maladie, et je ne peux vous imposer cela. »

Brancoric la regarda.

« Pourquoi pas… Bien sûr… C'est… J'avais… Je voyais les choses autrement… Je n'aurais jamais osé demander de l'aide à quelqu'un, et vous, je vous ai demandé votre main. Mais si je vous… si je peux vraiment vous aider de cette manière… vous… et donner un nom à votre enfant, ce serait un honneur pour moi… C'est vous qui m'avez sauvé la vie, vous le savez comme moi… Sans vous, j'aurais été anéanti ici par le désespoir… Voyez-vous cette poudre, là, cette poudre dont vous ne connaissiez ni l'existence ni l'utilité… Elle était prévue pour le cas où ils me renverraient au front et… si je sors d'ici, c'est à vous que je le devrai, et à vous seule… Si vous n'étiez pas intervenue auprès de ces gredins, ils m'auraient renvoyé depuis longtemps… et… et j'étais déjà au bout de mes forces… »

Clarissa le regarda. Une nouvelle vie… C'était impensable. C'était inconcevable. Il voulait s'engager trop rapidement… et dans quel but ? Par gratitude, par faiblesse, par lâcheté, par bonté, par précipitation ? Cela ne cachait-il pas quelque chose ? Assez. Elle devait donner un père à son enfant. Elle devait épargner une humiliation à son propre père. Elle savait qu'elle n'avait pas le temps de réfléchir à tout cela. Et pourtant, il fallait bien prendre une décision. C'était impossible en dix minutes. Elle se leva.

« Écoutez… Je… Je suis tellement surprise… Je n'arrive pas à avoir les idées claires en ce moment… Et vous tout aussi peu. Reposez-vous ! Et réfléchissez : vous épousez une femme avec un enfant dont vous ne connaissez pas le nom, une femme… qui… qui vous sera peut-être reconnaissante, mais… mais qui ne sera jamais votre femme… Et vous êtes prêt à cela pour me faire plaisir… simplement… simplement pour m'aider… Oui, je sais, vous le faites également pour vous aider vous-même… Mais je… je ne peux admettre que vous preniez une telle décision… je ne peux l'accepter… Il y a dans votre attitude quelque chose… quelque chose qui me touche, mais que je ne peux accepter… Ce n'est pas le genre de décision que l'on peut prendre de façon impulsive… À l'heure qu'il est, c'est votre angoisse, peut-être aussi votre enthousiasme qui vous fait prendre cette décision… Non, ne dites rien, pas un mot, pas un seul mot ! Je vous laisse à présent. Je reviendrai dans une heure. Réfléchissez… Moi aussi, je vais y réfléchir… Tout cela est si inattendu pour moi, et ma proposition l'est tout autant pour vous… C'est bien autre chose que j'attendais de votre part… Non… Pas un mot. Dans une heure, je serai de retour, et alors, nous tenterons de voir jusqu'où nous… pouvons nous aider mutuellement.»

*

Une heure après, Clarissa retourna dans la chambre. Elle venait de passer un moment à réfléchir en toute tranquillité sur ce qui lui paraissait invraisemblable. Elle avait déjà entendu parler de tels mariages : mais ils lui semblaient inimaginables. À présent, elle se sentait soulagée. Elle se persuada qu'elle n'avait rien à craindre de son père. Car il lui suffisait de mentir une fois, pas cent fois. Elle pensa à Léonard; on ne pouvait s'imaginer qu'il pût faire une chose pareille. Pour lui, seul ce qui touchait les êtres était important. Oui, il considérait l'État, les paperasses et l'état civil comme des futilités. La seule chose légitime était de justifier l'humain, puisque le concept d'État n'était qu'une chimère, sans rien de réel. «Ils ne comprennent même pas complètement l'humanité, car l'humanité représente tous les hommes – si tu n'y participes pas de ta propre volonté, tu n'existes plus.» Elle allait porter un autre nom, signer quelques papiers. En agissant ainsi, elle ne nuisait à personne, c'était un peu comme lorsqu'elle avait parlé innocemment en tant que déléguée alors qu'elle ne l'était pas. Est-ce qu'elle le trahissait en agissant ainsi? Comprendrait-il sa décision? L'approuverait-il? C'était l'affaire d'un an. Le lui dirait-elle jamais? S'il était mort, cela protégerait son enfant du malheur. Si elle prenait garde. Elle avait appris ce qu'étaient des instructions, ce qui signifiait l'État. Elle était devenue un être libre.

Quand elle pénétra de nouveau dans la chambre, elle s'assit au chevet de Brancoric. «Eh bien, vous êtes-vous décidé?»

Il avait l'air plus grave. Elle s'en réjouit. C'était au moins cela.

«Je n'avais pas de décision à prendre. Je n'avais pas à réfléchir. J'étais simplement heureux. Je ferai ce que vous me proposerez. Je sais que ce que vous faites, vous le faites pour mon bien. J'accepte. Je serai heureux de pouvoir aider ce petit bonhomme. Sinon, je crois que je vais crever. On m'a envoyé ici pour me battre. Je me suis effondré. Quand un homme dérange, il ne peut servir à rien. Tout ce qui m'importe, c'est de pouvoir encore être utile à quelqu'un, et surtout à vous. Je ne me suis jamais senti aussi heureux que depuis qu'ils m'ont traîné jusqu'ici. Je vous donnerai mon nom, à vous… et à votre enfant… Un peu comme on vous offre un quignon de pain au front… Mais pourquoi me regardez-vous ainsi ? »

Clarissa sourit imperceptiblement :

«Il faut bien que je regarde l'homme… qui… qui donnera son nom à mon enfant aux yeux du monde… et dont je dois porter le nom. Mais écoutez-moi – c'est peut-être la dernière fois que je vous vouvoie devant les hommes. J'ai bien réfléchi à tout cela. C'est arrivé de façon si inattendue qu'il m'a fallu d'abord y réfléchir. Vous avez accepté ce que je vous ai proposé. J'ai réfléchi et… je ne voudrais pas que cela soit un jour pour vous source d'ennuis ou de difficultés… J'en prendrai l'entière responsabilité afin que… Le fait qu'il ne s'agit que d'un mariage blanc ne doit en aucun cas entraver votre liberté. Écoutez-moi. Devant un tribunal, je… il faut qu'il soit établi juridiquement, chez un avocat, devant notaire, que je n'élèverai jamais aucune revendication vis-à-vis de vous… Ni pour moi, ni pour mon enfant… Et ce ni au cours de notre… de notre prétendu mariage ni après sa résiliation. Voilà le premier point important à mes yeux. Il ne faut pas que vous ressentiez cela comme un fardeau. Je ne veux pas que vous ayez des obligations. Si vous sauvez mon honneur aux yeux de mon père en donnant un nom à mon enfant, vous en aurez déjà fait bien assez.

«À présent, passons au second point. Ma mère m'a laissé une petite fortune – c'est la moitié de la dot qu'elle a apportée à mon père – et avec les intérêts, elle s'élève maintenant à peu près à trente-six mille couronnes. Je vais les mettre à votre nom.» Brancoric fit un geste. «Non, c'est la condition que je pose. Vous m'avez dit que vous aviez besoin d'un capital pour votre subsistance, et comme je ne peux vous offrir ni foyer ni mariage véritable, je veux que vous n'ayez aucun souci matériel. Ne vous préoccupez pas de moi; après la mort de mon frère, la deuxième partie me revient de toute façon, et en outre, j'ai un emploi bien rémunéré et je suis la fille de mon père. Après la procédure de divorce que nous engagerons au moment opportun, mais choisi d'un commun accord, afin de vous rendre votre liberté, cette somme vous restera bien sûr acquise… non, ne protestez pas. Pour moi, c'est une condition *sine qua non*. Je veux que vous vous sentiez libre et encore plus libre au fur et à mesure que le temps passera. Vous aurez toujours le loisir de venir me voir. Et puis, n'oubliez pas que l'homme qui a donné son nom à mon enfant ne pourra jamais devenir pour moi un étranger.

– Je ferai tout ce que vous voudrez.»

Ils discutèrent encore de quelques détails. En sortant de la pièce, elle eut un léger étourdissement. Elle ressentait tout en même temps : malaise, terreur, soulagement… soleil. Elle vivait, et elle en avait le droit. Son enfant aussi en aurait le droit.

*

La surprise, à l'hôpital, fut considérable quand Clarissa annonça qu'elle avait demandé à se marier selon la procédure d'urgence pour cause de guerre. Elle expliqua au médecin qu'elle avait vu à quel point ce jeune homme était perturbé; peut-être pourrait-elle le sauver en le soignant à domicile. Tous s'étonnèrent en se rappelant ses premières réactions négatives, mais leur étonnement ne tarda pas à passer; ce que l'époque avait de plus étrange, c'étaient les liens que faisait naître la guerre – lacis inextricable des sentiments les plus singuliers : pour des unijambistes, des aveugles. Chez les femmes, la pitié prenait la force de l'ambition et se muait en manie du sacrifice.

Et le mariage accélérait tout en même temps. Devant la commission de réforme, l'affaire fut réglée avant même le début de l'examen : le docteur Ferleitner, qui était le médecin du régiment, considérait le cas comme désespéré. Brancoric fut déclaré inapte pour le service militaire et on lui remit une attestation de démobilisation.

Seul le père de Clarissa lui donna encore un léger souci. Il lui écrivit dans un style ampoulé pour lui dire combien il était fier que sa fille «ait tendu la main à l'un de ces héros qui avaient perdu la santé au champ d'honneur». Elle rougit. D'habitude, elle conservait précieusement toutes ses lettres ; celle-ci fut la première qu'elle déchira.

Lors de la cérémonie, une infirmière et le docteur Ferleitner firent office de témoins. C'est un prêtre un peu timide qui la célébra. Clarissa ressentait encore en elle une crainte inspirée par la foi. C'était un peu comme si elle trompait Dieu. Elle seule. Mais elle devait tout miser sur cette cause unique, concentrer toute sa vie sur l'enfant.

1915-1918

Des trois années de sa vie qui suivirent, de 1915 à 1918, Clarissa ne garda guère que des souvenirs de son enfant. Il naquit en 1915 et fut baptisé Léonard Léopold Brancoric. Autour d'elle, le monde continuait, de même que la guerre, avec ses dangers. Là, c'était la mort. Ici, elle veillait sur une vie : elle n'en possédait d'ailleurs qu'une seule, celle de son enfant. Indépendamment de ce qui se passait sur le plan militaire. En cela, ce fut une bonne année, mais beaucoup d'hommes moururent. Pour éviter que son père n'apprît que son mariage n'avait été que de façade, elle ne prit pas de logement ; elle s'installa dans celui de Brancoric, un appartement de plain-pied dans une maison à la campagne.

L'après-midi, elle travaillait de nouveau chez le professeur Silberstein ; le matin, elle s'occupait de sa maison, et une vieille bonne veillait sur l'enfant. Parfois, son père lui causait du souci ; il travaillait toujours davantage et parlait de plus en plus par monosyllabes. Il semblait complètement obnubilé par le déroulement de la guerre. Dans les rares occasions où il parla avec Clarissa, elle comprit à quel point il était persuadé de servir la mauvaise cause. La haine de l'Allemagne s'était enracinée en lui : l'Autriche aurait dû dès le début se lancer à l'assaut de la Russie ; on avait eu tort de rejeter ses propositions – le travail de toute une vie. Il appartenait au camp des déçus. Il attribuait aussi la faute au professeur Silberstein. Clarissa était entourée de gens qui vivaient avec les graves événements de leur temps. Elle, en revanche, avait son enfant et, pour elle, c'étaient surtout les petits événements qui comptaient.

Le professeur Silberstein semblait avoir vieilli. Jamais il n'avait reparlé de l'enfant avec elle, jamais il ne lui avait demandé : c'est une fille ou un garçon ? Clarissa avait honte d'être aussi heureuse. Durant la matinée, elle était seule dans la maison, seule avec son enfant et le souvenir de Léonard. Quand elle voyait des veuves de guerre dans la rue, elle tressaillait.

Une année passa. Bizarrement, Clarissa oublia peu à peu qu'elle n'avait pas son propre appartement. Brancoric avait tenu parole, ce qui constituait une part de son bonheur. Dès après la commission de réforme, il avait disparu pour mettre en œuvre ses projets – serbes et bulgares ; il était loin et, d'après ce qu'elle comprit, il s'occupait d'une affaire de livraisons (par exemple des prunes) ; il touchait à tout. Il avait obtenu deux décorations – on pouvait les «attraper comme des lapins». Bientôt, il donna de ses nouvelles, une fois ici, une fois là. Il aimait ne pas avoir de domicile fixe, et elle ne savait pas à quelle adresse elle aurait pu lui écrire – «il vaut mieux, par les temps qui courent, rester dans l'ombre, ne pas se faire annoncer», lui expliqua-t-il un jour.

Brancoric avait mis en œuvre ses projets. Il ne voulait pas rester à Vienne et préférait disparaître sans laisser de traces. Mais auparavant, il insista pour se présenter au père de Clarissa. Elle en ressentit un certain malaise, mais la chose était finalement inévitable. Il expliqua qu'il avait envie de se rendre ensuite en Bulgarie, en Turquie ou en Hollande. C'étaient pourtant les langues slaves qui lui plaisaient le plus. En aucun cas il ne souhaitait rester à proximité d'une guerre.

Un an passa avant qu'il ne fît sa réapparition et n'allât se présenter à son beau-père. Il faillit effrayer Clarissa en arrivant. On sonna une fois, elle ouvrit et se trouva nez à nez avec un jeune homme élégant, vêtu presque comme un dandy, à qui elle faillit demander qui il était : elle ne l'avait pas reconnu. Le fantôme livide et affamé d'autrefois s'était métamorphosé en un homme bronzé. Il était charmant, avec sa bouche enfantine. «Salut, comment vas-tu?» lança-t-il d'un ton décontracté et léger. «Je ne voulais tout de même pas être à Vienne sans passer te dire bonjour.» Il la regarda dans les yeux avec un bon sourire; elle avait les genoux qui tremblaient. Selon la loi et le droit, cet homme était son mari. «Tu permets, n'est-ce pas? Je ne te dérange pas, au moins?» Elle était encore méduscée. Elle se dit: «Que me veut-il? Que va-t-il exiger?» Autrefois, la peur enveloppait Brancoric tel un cocon gris. À présent, il parlait d'un ton bonhomme et léger. «Je suis allé en Bulgarie, en Turquie, en Hollande et en Allemagne. Tu sais, en tant que militaire autrichien, je ne vais pas bien.» Mais il avait tout de même une médaille de guerre. «Bah, une chose bulgare. Il en faut, sinon, on vous prend pour un planqué. Je leur ai procuré des roues en caoutchouc achetées en Hollande.» Mais les livraisons que la guerre amenait avec elle ne suffisaient pas pour vivre, ce n'étaient que des affaires ponctuelles. Il poursuivit avec bonhomie son bavardage. «Oh, je fais des choses diverses. Je ne me fixe pas, je passe mon temps dans les trains. Au fond, plus je me déplace, comme à Smyrne, plus les choses m'ennuient. Ce que je fais, je ne le fais pas bien longtemps. Ce n'est pas l'argent qui me préoccupe; je m'amuse, tout simplement. Et d'ailleurs, tout est en train de se casser la figure, avec ou sans les services secrets.» Elle le complimenta sur sa bonne mine. Oui, dit-il, il vivait au pays de cocagne. Ce qui n'était pas le cas de tout le monde. «C'est vraiment charmant chez toi!» Il rit. «Eh oui, je vis sous un faux nom. Je l'ai choisi moi-même. Mais c'est charmant chez toi. Ne crains rien, je ne resterai pas longtemps. Toutes les horreurs de cette époque ne m'ont pas permis de te rendre visite plus tôt. C'était assez drôle de demander au concierge ma propre adresse.»

La rencontre avec son père fut étrange. Brancoric avait pris à nouveau un air un peu plus maladif. Clarissa fut effrayée par son habileté. Elle le soupçonna d'avoir attrapé volontairement la jaunisse, par un moyen quelconque. Pour faire plaisir à son père, il déclara qu'il voulait servir. Quelle hypocrisie ! Elle fut encore plus effrayée en voyant son père tomber dans le piège. Il ne remarqua pas son petit mensonge. Clarissa eut honte de Brancoric, et elle eut honte de son père. Ce n'était plus un homme, il était perturbé et ne pensait plus qu'aux choses militaires. Brancoric, cependant, devait déjà s'éclipser. C'était un sacrifice, dit-il, de se séparer d'une femme contre son gré. Mais on l'avait convoqué au ministère de la Guerre. Quel dommage qu'on ne puisse savoir par avance ce qui allait s'y passer. « Vous êtes un homme intelligent. » Oui, enfin, il s'y connaissait un peu en matières premières. Là-dessus, il prit congé du père de Clarissa. Soudain, il était redevenu un autre homme. Léger, comme poussé par le vent. Clarissa le regarda. Il portait une alliance et une épingle à cravate.

Il ne fit aucune mention de leur mariage. En revanche, il lui demanda si elle voulait l'accompagner au théâtre. Ce n'est qu'au moment de prendre congé d'elle qu'il se souvint tout à coup : « Ah, c'est vrai... l'enfant. En fait, tu pourrais me le montrer. » Elle le fit entrer. Il lui sourit. « C'est drôle, un enfant. Enfin, l'essentiel, c'est que tu sois heureuse avec lui. » Il était gai. Une inquiétude se fit jour en elle : il pourrait attendre quelque chose d'elle, exiger quelque chose. C'était une crainte secrète. Lorsqu'il fut sur le pas de la porte, il dit : « Un détail encore. Tu sais, je n'ai pas vraiment d'adresse. C'est ainsi quand on n'a pas de chez soi. Tu permets, n'est-ce pas, que l'on m'écrive ici de temps à autre ou que j'envoie quelqu'un prendre quelque chose.

– Bien entendu », répondit-elle presque comme une fillette, mais un certain malaise ne la quittait pas.

« Et si tu as besoin de quoi que ce soit, en ce moment – du chocolat ou du café, mais pas de lait condensé, car le lait bulgare est atroce –, je te l'enverrai de l'étranger par l'intermédiaire d'une ambassade. Tu sais bien que je suis heureux si je peux te faire plaisir. Où serais-je sans toi ! »

Clarissa se sentit merveilleusement soulagée quand il

fut parti sans rien lui demander. Il ne voulait rien. Mais il revint la voir le lendemain. «C'est vrai que j'avais encore une requête à formuler, au sujet de l'argent autrichien. Le mieux, c'est que tu le places tranquillement», dit-il avant de repartir. Jamais elle n'aurait osé espérer que tout se passe aussi facilement, sans le moindre accroc. Elle ressentait toujours en son for intérieur la crainte de ne pas avoir payé le véritable prix, ou du moins pas encore. Mais elle voyait la façon superficielle dont il prenait les choses, comme s'il avait déjà tout oublié ; elle éprouva vraiment de la gratitude à son égard quand il fut parti. Sa vie appartenait à son enfant.

Six mois passèrent ainsi. Un beau matin, on frappa à sa porte, assez violemment. Un homme se trouvait sur le seuil ; il était vêtu de façon assez paysanne, des gouttes de sueur coulaient sur son front ; il était venu avec une charrette à bras. Il était large d'épaules et avait perdu un œil, ce qui lui donnait une apparence déplaisante ; il ôta sa casquette et dit d'un ton familier, comme si cela allait de soi :

«Je suis Huber. Vous aurez certainement entendu parler de moi.»

Clarissa, légèrement inquiète, lui expliqua qu'il devait s'agir d'une erreur. Mais l'homme à la large carrure se mit à rire en essuyant sa sueur avec un mouchoir à carreaux.

«Bon, eh bien ça doit vouloir dire qu'il n'a pas voulu vous écrire. Je suis Huber et je viens de la part de votre mari. Il vous demande s'il peut déposer chez vous ces trois caisses – diablement lourdes – jusqu'à ce que je vienne les reprendre. Où je dois les mettre ?» Clarissa répondit à peine ; elle était un peu décontenancée.

«De quelle sorte de caisses s'agit-il ?

– Eh ben, les caisses de la société de transport fluvial, et elles ne sont pas légères, croyez-moi. Je les ai déposées avant de me rompre l'échine, et de grand matin, encore – les gens sont curieux de tout de nos jours. Où est-ce qu'on va les caser ?»

Toujours très mal à l'aise, Clarissa jeta un coup d'œil autour d'elle.

« Peut-être là-bas, dans la remise du jardin. Autrefois, on y mettait le charbon, mais à présent, elle est vide. »

Huber fit une grimace et émit un léger sifflement.

« Et personne d'autre n'y entre ? Enfin, allons jeter un coup d'œil ! »

Il rit. Il y avait quelque chose d'incompréhensible dans ce rire qui troublait Clarissa.

« Mais il faut tout de même que je sache… dit-elle.

– De nos jours, moins on en sait, mieux cela vaut. Ils ont l'œil, à présent, ces messieurs de la police économique. Enfin, ne craignez rien, votre mari sait qu'il peut se fier à Huber : il livre rapidement et paie sans délai. Nous avons déjà traité ensemble quelques affaires, et ce ne sera pas la dernière. Allez, on y va. Venez avec moi, ce sera plus discret. Je ne peux pas laisser traîner les caisses trop longtemps. Ce n'est pas la peine que les gens les voient ! »

Clarissa voulut dire quelque chose, mais sa langue était comme paralysée. Elle ressentait un vague malaise. Pourtant, elle n'osa pas courir le risque d'envenimer la situation, et elle l'accompagna. Huber inspecta la remise, le cadenas, la clef. « Oui, c'est bon. Personne n'y verra rien. Et je mettrai un peu de tissu par-dessus, ou bien quelques pelletées de sable. »

Clarissa était paniquée.

« Et combien de temps… combien de temps devront-elles rester là ?

– Bah, pas très longtemps. Ne vous faites pas de souci ! Quinze jours. Je vais venir tous les jours et j'en emporterai un sac à dos rempli ; vous allez me donner les clefs. Aujourd'hui, tout le monde porte un sac à dos, cela ne choque personne, et encore moins si c'est moi. Avec moi, il n'arrive jamais malheur. Vous pouvez vous fier à Huber, et à votre mari aussi, il connaît son métier. » Il dit cela sans plus se préoccuper d'elle. « Si quelqu'un passe pendant que je décharge, faites-lui un brin de causette pour qu'il ne commence pas à poser trop de questions. »

Il lui fit un clin d'œil. Elle se tenait près de la maison. Elle aurait voulu pousser un cri. Elle se demanda ce qu'il fallait faire, à présent. Il s'agissait certainement de marchandises de contrebande. Le déshonneur rejaillirait sur elle. La loi serait transgressée. Huber rangea les caisses. Il posa soigneusement un bout de tissu sur chacune d'elles. Il cracha dans ses mains et transporta les caisses dans la remise. Quand il eut fini, quand il les eut toutes déposées, il ne fut pas peu fier.

« Dieu soit loué. Nous voilà débarrassés de celles-là... Dans le transport fluvial, c'est toujours ça la partie la plus difficile. On lui a graissé la patte, au douanier. Le reste n'est qu'un jeu d'enfant. On peut les faire sortir à partir de Tall. Personne ne s'occupe de savoir ce qu'on a dans son sac à dos. Il suffit qu'on dise qu'on revient du front. Je passerai demain, et si vous pouviez me préparer un tournevis et une barre de fer pour ouvrir les caisses, je ne vous dérangerai pas du tout, chère madame. Nous ferons les comptes à la fin. Il faut d'abord que je voie si tout est en règle. » Il la regarda. « Et si vous avez besoin de quoi que ce soit – du lait ou des œufs frais ou des conserves, Huber vous le procurera – bien entendu, je ne fais cela que pour des gens sûrs, qui ne vous balancent pas. Avec vous, je peux avoir confiance, je le sais. »

Il souleva son chapeau. Il sentait un peu la bière, et sa démarche était vacillante. Clarissa n'appréciait guère ces trafics, mais que pouvait-elle faire ? Il disposait d'elle avec un tel sans-gêne. Elle ne savait pas de quoi il s'agissait. Elle se trouvait impliquée avec une catégorie de gens qu'au fond elle méprisait. Les « affaires », cela signifiait que Brancoric faisait entrer certaines marchandises dans le pays depuis le front ou de l'étranger, des marchandises prohibées. Et il avait des complices. Un frisson d'horreur la parcourut en pensant à la légèreté et la témérité de son attitude. Que devait-elle faire ? Elle ne pouvait rien. Elle était prisonnière du nom qu'elle portait.

Les douze jours qui suivirent furent terrifiants pour Clarissa. C'était la première fois qu'elle était mêlée aux affaires de Brancoric depuis qu'elle portait son nom. Elle guettait le bruit des pas de Huber. Elle le vit arriver depuis sa fenêtre. Il sonna. Où avait-il mis la clef qu'elle lui avait donnée pour qu'il pût passer dans la journée ? Elle prit peur. La police pourrait très bien être chez lui. D'habitude, quand il venait, il faisait encore nuit. Elle ne put se retenir et jeta un coup d'œil dehors. C'étaient des cigarettes qu'il apportait, de véritables cigarettes turques. Les trafiquants qui profitaient de l'état de guerre importaient surtout des produits de l'étranger qu'ils payaient cent fois leur prix. La police pouvait arriver à tout moment et les arrêter. Tous les jours, les journaux parlaient à présent d'arrestations de trafiquants et de contrebandiers. Un jour, elle rencontra Huber en chemin. Elle était décidée à lui dire qu'elle ne voulait plus être mêlée à tout cela.

« Voilà, j'ai fini. Avec les caisses, vous pourrez faire du bois de chauffe. Personne n'a besoin de les voir. Et maintenant, on va faire les comptes, n'est-ce pas ? Je me suis mis d'accord avec votre mari : cinquante, cinquante – nous partageons le profit, on peut faire confiance à Huber. Je lui donnerai la facture, pas de problème – vous savez, c'est pas très bon, on n'aime pas mettre son tampon sur ces choses-là, on ne sait jamais par les temps qui courent s'ils ne vous ont pas à l'œil… Eh oui, on aime bien avoir les factures sous la main… Mes clients, eux, n'en exigent pas… Bon, il lui revient neuf mille huit cents couronnes. Il m'a dit que vous saviez où les placer. Voilà. »

Il retira un portefeuille sale et graisseux de la poche de sa veste et, le doigt mouillé de salive, comme le font les paysans, compta les billets qu'il déposa devant elle.

« Voilà, et maintenant, donnez-moi un reçu : « Reçu 98 de Aloïs Huber », il vaut mieux ne pas mentionner les milliers. Car quand on vous donne par exemple douze canards – en réalité, c'est de douze mille qu'il s'agit – on indique simplement qu'on a reçu douze pièces. Inutile de signer de votre nom. Suffit d'écrire votre nom de jeune fille. Personne ne le verra. C'est uniquement pour votre mari. »

Clarissa sentait ses mains trembler. Mais son désir de voir partir ce borgne avec sa fausse bonhomie était le plus fort. Elle signa. Il empocha soigneusement le reçu.

« Si vous voulez le placer, Huber vous donne quinze pour cent. Jamais cet argent ne vous rapportera davantage. Et si vous avez besoin de quelque chose, il suffit de m'écrire une petite carte. Huber vous trouvera tout ce que vous voulez. »

Elle poussa un soupir de soulagement. C'est seulement une fois qu'il eut refermé la porte derrière lui que Clarissa prit conscience de la situation dans laquelle elle s'était placée. Cette forte somme à elle seule… Avec horreur, elle se rendit compte que c'était un trafic illégal. Son mari, à qui son père, en toute confiance, avait remis une recommandation, se livrait avec un compère aussi louche que Huber à des affaires malhonnêtes, et à présent, elle y était mêlée elle aussi, elle qui portait son nom. Un frisson d'horreur la parcourait quand elle touchait les billets, mais elle était impatiente de s'en débarrasser. Elle les déposa à la banque sur un compte à son nom. Tous les jours, elle épluchait le journal, soulagée de constater que le nom d'Aloïs Huber et celui de son mari n'y figuraient pas. Elle écrivit une lettre à Brancoric en lui demandant de faire le nécessaire pour qu'Aloïs ne vienne plus la trouver, car cet homme lui avait fortement déplu et elle ne souhaitait plus avoir affaire à lui. Pour toute réponse, elle reçut une carte postale sur laquelle elle ne trouva qu'un aimable bavardage ainsi que la proposition d'envoyer la somme d'argent à Huber. Par la suite, elle n'eut plus de nouvelles pendant un certain temps.

Quelques semaines passèrent. Jusque-là, chaque fois que l'on frappait à la porte elle était inquiète. À présent, elle ne l'était plus. Mais un jour, en ouvrant le journal, elle lut : « Démantèlement d'une importante filière de contrebande ». Elle poursuivit sa lecture. Un premier groupe avait d'ores et déjà été arrêté : Finkelstein, Aloïs Huber, Roderich Heindl. Ils s'étaient livrés à un trafic de produits alimentaires, d'argent et d'autres choses encore. Le procureur général Hinterhuber déclara que quelques employés de la compagnie de navigation du Danube étaient également mêlés à cette affaire, ainsi que des agents étrangers. L'enquête était en cours. Son cœur se figea. Dans les jours suivants, d'autres noms furent cités. L'affaire prenait toujours plus d'ampleur. On apprit des détails, par exemple que des billets de banque autrichiens cachés dans la salle des machines des bateaux passaient en Bulgarie pour un trafic de parfum et de cigarettes. Sur l'un des hommes incarcérés, on avait trouvé une liste des acheteurs. Clarissa pensa à son reçu. Elle pensa aussi à son mari. Elle avait épousé un délinquant.

En aucun cas les choses ne devaient aller plus loin. Et dire qu'elle allait se rendre chez son père précisément le jour où l'on tentait d'abattre l'Autriche de cette façon. Mais elle ne pouvait pas tout lui dire.

Se trouver chez son père ce jour-là lui sembla de mauvais augure. Une fois par semaine, le dimanche, elle lui rendait visite. De onze heures à midi : exactement une heure, car il tenait beaucoup à la ponctualité. Il travaillait à présent pour le service d'approvisionnement. Clarissa le trouva d'excellente humeur. Quelque chose en lui rayonnait.

« J'ai été promu *Caporetto*, à cause de mes calculs. »

Il avait reçu cette distinction, on lui avait enfin rendu hommage, on avait enfin reconnu le travail de statisticien qu'il avait effectué. Il était d'excellente humeur. Il lui demanda des nouvelles de son enfant, de son mari.

« Un garçon capable. Je me suis renseigné à son sujet auprès de l'ambassade. Il n'arrête pas de courir. Je suis heureux pour toi, Clarissa. On lui donnera une décoration. J'ai toujours été convaincu que tu faisais ce qu'il faut. »

Clarissa eut l'impression de recevoir une gifle. Elle était venue pour tout raconter à son père, pour lui demander son aide, pour sauver Brancoric grâce à son intervention si jamais il était accusé. À présent, le courage lui manquait.

« Je n'ai aucune nouvelle de lui. Il ne m'a jamais parlé dans ses lettres de ce qu'il fait. »

Elle pensait pouvoir ainsi prendre ses distances. Mais son père répondit :

«C'est bien. Il ne faut jamais rien dire, même à sa propre femme. Le service, c'est le service. C'est une chose qui me plaît chez lui.»

*

La phase difficile débuta avec l'année 1917. Les produits alimentaires commencèrent à manquer. Partout on faisait la queue. Le pain était abominable. On ne trouvait pas de graisse. Pas de lait. Comme en Allemagne, les cartes de rationnement pour la graisse et les tickets de pain vous donnaient droit à du chou blanc. Tout avait été calculé, mais il était tout de même impossible de survivre, sauf à utiliser des cartes de rationnement falsifiées. Pour les gens du voisinage, Clarissa semblait faire exception. D'un côté, ils pensaient qu'elle avait des contacts avec des officiers, mais d'autre part, ils savaient que son mari n'était pas à la guerre. «Celui-là, il a trouvé une bonne planque quelque part!» Même le professeur Silberstein lui donnait l'impression de partager ce point de vue. Puis arriva le grand malheur : l'enfant de Clarissa tomba malade. Au début, le petit garçon s'était bien développé. Mais à présent, elle voyait ses yeux vifs dans un visage amaigri. Ses jambes étaient toutes grêles. Jusquelà, Clarissa s'en était tenue strictement aux instructions officielles. Les épiciers offraient des sacs à main et des places de théâtre à leur épouse. Ses voisines, et même tous les gens du quartier allaient faire leurs courses avec un sac à dos. Mais Clarissa ne l'avait jamais fait. Les femmes nourrirent bientôt une haine secrète contre Clarissa. À leurs yeux, elle était la fille du responsable de l'approvisionnement. Chacun voulait lui montrer qu'il se comportait de façon correcte. Tous avaient peur qu'elle puisse avoir l'idée de les dénoncer. Son père s'occupait des services de l'approvisionnement. Il travaillait de façon plus rigoureuse que jamais. Il avait maigri, il était surmené. Il parlait des «salopards qui

174

profitent et s'empiffrent». «Tout dépend de l'alimentation. À présent, chacun devra porter une part du fardeau.» Clarissa n'osait plus aller déjeuner chez lui de peur de le priver. Et il y avait l'enfant, son enfant. Tous ces bouleversements n'avaient pas été sans laisser de traces chez lui. Ce garçon était délicat. Et l'on ne trouvait que du lait trop clair. L'enfant s'en ressentait. Son estomac ne fonctionnait plus : il vomissait.

C'est à cette époque qu'elle écrivit à son mari. Il était en Bulgarie. Elle n'obtint pas de réponse. Elle écrivit alors à Huber. Il était la seule autre personne qu'elle connaissait. Il lui répondit qu'il avait reçu quelques lettres. Elle lui avait alors écrit : «S'il vous plaît, adressez bien des pensées affectueuses à mon mari, Aloïs!» Par la suite, elle avait reçu plusieurs mandats et de mystérieuses missives. Elle avait exigé que cela cesse. Huber se montra plus brutal. «À vous entendre, on dirait que les gens comme moi font des choses interdites. Comme si j'étais le seul, de nos jours! C'est pas bien, chère madame, de ne pas faire confiance à Huber.» Il ajouta qu'elle préférait probablement s'en remettre à des étrangers. Elle pensa à Brancoric. Mais elle n'osait plus lui écrire. L'idée d'être son obligée la terrifiait. Il lui serait certainement insupportable d'assurer la subsistance d'un enfant qui n'était pas le sien. Elle fut irritée quand Huber lui proposa du miel turc et, pour Noël, des parfums et de l'huile de rose persane. Elle se mit en colère quand elle reçut tout cela. Elle songea d'abord à monnayer ces produits au marché noir, mais elle se dit qu'ainsi, elle se trahirait. Elle trouvait cela horrible, mais un homme comme celui-là ne pouvait être comparé qu'à un étranger. Elle lui téléphona. Huber vint, en riant avec bonhomie. Il arriva en voiture. Huber, une épingle de diamant à la cravate, avait des gants jaunes, l'élégance d'un jockey (avec sa tabatière) et il portait des pantalons à carreaux. Ses cheveux parfumés embaumaient. Il était jovial; il avait grossi, semblait rayonnant, et une sorte de bien-être émanait de lui.

«Ah, c'est bien de penser au vieux Huber. Il se passe quelque chose avec votre mari?»

Quand elle eut répondu par la négative, elle remarqua qu'il était soulagé. D'un ton très doux, très humain, elle tenta de lui demander du lait condensé.

«Bien entendu, c'est pour l'enfant. Il ne faut pas priver les enfants de quoi que ce soit. J'en aurais – du danois. Une caisse.

– Non, quelques boîtes seulement.

– Ah non, Huber ne s'embarrasse plus de petites choses. Cette saloperie de guerre va encore durer longtemps. Vous avez sûrement besoin aussi de sucre. C'est nourrissant. Et du chocolat. Du chocolat suisse, aussi. Il est dans ma villa, là-bas – une charmante maison, à Plötzleinsdorf, ma femme a envie de bien vivre. Et puis, il y a aussi… Excusez-moi, chère madame, mais vous-même, vous avez l'air bien amaigrie. À une époque comme celle-ci, il faut ménager ses nerfs, il faut avoir la santé.»

La graisse de sa pommade brillait sur son visage.

«Quelques petites bouteilles de vermouth italien – elles sont autorisées. Un tokay vous fera du bien, c'est bon pour la digestion.»

Elle s'enquit du prix.

«Rien, rien. Je ferai mes comptes ensuite avec votre mari. C'est un homme capable. Il arrive, il regarde, et tout se met à marcher, où qu'il aille. Il sait parler. Qu'est-ce qu'il ne parvient pas à faire, ce connaisseur! Il les met dans sa poche, tous, les militaires comme ceux de l'ambassade, et même la femme d'un associé. C'est un type capable. Si je l'étais autant que lui, ce n'est pas une maisonnette à Plötzleinsdorf que je posséderais, mais un palais dans la Ringstrasse.»

Chaque fois qu'il faisait son éloge, elle tressaillait. Dire qu'il savait s'attirer les faveurs de tous ces gens – son père, ceux d'en haut, ceux d'en bas, le curé… Cette habileté semblait lui être si naturelle qu'elle en frémit – il n'était plus lui-même. Huber lui paraissait encore plus terrifiant; malgré sa jovialité, il faisait preuve d'une détermination implacable. Elle était horrifiée à l'idée d'être endettée. Elle se hâta d'amener la conversation sur les affaires.

«Bah, nous ferons nos comptes plus tard.

– Non, je voudrais vous payer.»

Il se mit à rire.

«Vous avez l'air pressé. Au fond, vous avez raison. Débarrassons-nous de cet argent. Il fond un peu plus chaque jour. Quand on pense à tout ce qu'on pourra envelopper dans un billet de cent! Peut-être une tablette de chocolat. Il vaudrait mieux s'y prendre autrement. Enfin, les prix d'ami, cela existe.

– Je vous envoie mon fils.»

Elle prépara son sac à dos. En pleine nuit, elle se mit en chemin, comme une voleuse. «Comme s'ils jouaient du piano» : c'est à cet air populaire que lui faisait penser le tintement des boîtes dans le sac. Elle s'était imposé l'épreuve de parler avec cet homme uniquement pour le bien de son enfant. C'était l'époque qui voulait cela. Il s'agissait avant tout de le préserver, de se préserver elle-même. Mais surtout son enfant. Il leva les yeux vers elle. À cet instant, elle sut qu'elle ne faisait rien de mal.

*

Peu à peu, l'état de l'enfant s'améliora. Elle parvint à supporter les efforts qu'elle déployait pour lui. Mais elle eut du mal à parler avec son père. Il était endurci, obsédé par une idée : la victoire. De tout temps il avait travaillé, et à présent, il travaillait encore plus. Elle était reconnaissante, reconnaissante surtout au professeur Silberstein, pour l'enfant. Son fils à lui avait été blessé : mais on put le sauver. Le docteur lui avait sauvé son enfant. Sinon, elle se serait retrouvée seule. Elle osait à peine penser à Léonard. Constamment, on était informé de l'ampleur des pertes en hommes. Trois années avaient déjà passé depuis le début de la guerre. Un père ne comptait pas. Brancoric était parti, en Mésopotamie. Il semblait faire des affaires, car les petits mots de Huber arrivaient plus souvent. Un jour, elle le vit. D'ordinaire, elle l'évitait. De temps à autre, elle commandait quelque chose par son intermédiaire. Un jour, elle entendit une voix inconnue au téléphone. «Voulez-vous dire votre numéro.» Par bonheur, ce n'était qu'une voix au téléphone. Pourtant, elle ne se sentait pas à l'aise. Puis elle apprit dans le journal qu'un message codé d'un prisonnier avait été découvert. Elle n'osait pas aller voir son père. Une nuit, elle se réveilla en sursaut au beau milieu d'un rêve : son père la demandait. «Tu as téléphoné au procureur général. Un certain Huber… La procédure a déjà été engagée. Mais l'État doit passer d'abord.

— Non, c'est l'enfant qui doit passer d'abord.

— C'est l'enfant de l'un de ces bandits.

— Je ne tolérerai pas qu'on insulte mon enfant.»

L'enfant se réveilla.

«Qu'est-ce que tu as, Maman ?

— Ce n'est rien.»

Le jour de la défaite arriva – celle de l'Autriche. À présent, tout était joué. Les rues n'étaient plus sûres. Partout on voyait des manifestations. Il n'y avait plus de lumière. Clarissa pensa : «Père!» Elle alla le trouver. C'était devenu un vieil homme. Elle ne le reconnut pas : il portait des vêtements civils.

«Ces chiens! C'est une honte. Moi, je suis resté fidèle à l'empereur.»

Cela lui était indifférent. Que lui importait l'empereur! Elle avait oublié tout cela. Elle ne pensait qu'à une chose : elle devait écrire une lettre à Léonard. Lui écrire ? Tout lui raconter ? Tout lui expliquer ? Elle n'avait cessé de remettre cette décision à plus tard. Pendant trois, quatre années, elle avait évité d'y penser, elle avait remis à plus tard. À présent, il fallait lui faire part de sa décision. Il la croirait. Mais parviendrait-il à comprendre ?

Dans la journée, elle travaillait. Le docteur Silberstein était gai. «Que peut-il nous arriver ? Nous vivrons, c'est tout ce qui importe. Nous avons chacun un fils. Nous avons nos enfants. Que nous importe ce qui se passe en politique ? Que signifient l'empereur et l'Empire – il faut que nous voyions les choses sous un angle historique, comme si elles s'étaient produites il y a mille ans. Nous sommes sauvés, même si c'est la victoire des autres. Mais nous, nous sommes sauvés. Votre enfant aussi. "Que les morts enterrent les morts" : c'est vraiment vrai.

« Quel est le sens de ce chauvinisme ? De deux choses l'une : ou l'Europe va naître, ou bien tout est perdu. Si elle ne naît pas, alors seulement nous aurons perdu la guerre. »

1919

Novembre et décembre 1918 arrivèrent, puis janvier 1919. Elle se concentrait sur sa lettre. Elle avait pensé à tout ce qu'elle devait écrire. En tout cas au fond d'elle-même. Elle se demandait : «M'a-t-il oubliée ? Vit-il à nouveau avec sa femme ? Est-il tombé à la guerre ?» Elle n'avait pas le courage de répondre à ces questions. Elle écrivit une ligne. Elle se sentait seule. Elle rédigea une carte postale qui resta sans réponse : Brancoric avait disparu. En Turquie, où il traitait des affaires quelconques. Il demeurait introuvable. Elle était vraiment seule. Les soirées commencèrent à lui sembler longues. Il ne lui restait plus que son fils. Il fallait que cet enfant représentât désormais tout à ses yeux, même s'il lui en coûtait. Quelle joie elle aurait si elle pouvait voir Léonard embrasser son enfant ! Les nuits d'hiver étaient froides. Il n'y avait pas de charbon, pas d'éclairage dans les rues. Elle ne pouvait pas aller voir son père. Il y avait bien de l'argent, mais on ne pouvait plus rien acheter. L'enfant avait besoin de manger ; d'une façon ou d'une autre, elle parvenait toujours à lui trouver quelque chose. Le pire, c'était la solitude.

Un soir, elle se trouvait dans sa chambre. Elle avait obtenu un peu de lait pour son enfant. Dehors, la sonnette retentit. Clarissa sursautait à chaque fois. Elle pensait toujours à la même chose : «La lettre.» Cette lettre qui finirait bien par arriver un jour. Elle pensait constamment à Léonard. Il était le père, l'ami. Elle alla ouvrir. Un homme se tenait devant elle. «Salut! Comment vas-tu?» Elle prit peur: c'était Brancoric. Il avait posé une petite valise à côté de lui. «Tu es surprise, n'est-ce pas? Je le suis moi-même. J'étais à Smyrne. Ils ne m'ont pas laissé partir. Tu voudras bien m'héberger quelques jours, n'est-ce pas? As-tu quelque chose à manger?» Il s'assit. «Je meurs de faim. Il n'y a rien à manger dans ces trains. Ils m'ont pris jusqu'au dernier sou. Je ne peux pas aller à l'hôtel.» Clarissa le regarda. Il semblait affamé. Il était tout en même temps: charmant, bronzé, amaigri. Il évoqua ses souvenirs. Ses vêtements étaient couverts de poussière. «Je suis arrivé à monter dans ces trains sans trop savoir comment. Mais c'était l'enfer.» Il voulait prendre un bain. «Je crois que je suis plein de poux. Ils finiront par bouffer ce qui me reste d'argent.» Ce que Clarissa voyait: ses beaux cheveux soyeux avaient disparu; il avait le crâne rasé. «Une prison turque, ma chère, n'est pas une plaisanterie.» Mais il se remit aussitôt à rire. Il bavardait. Il se sentait tellement en sécurité.

L'enfant rit dans la pièce attenante. «Salut! lança-t-il. Qu'est-ce que c'est? C'est vrai, j'ai failli l'oublier, celui-là.» Il entra dans la chambre. Elle le vit rire avec son enfant. Soudain, elle avait tout oublié. «C'est mon mari, celui qui porte mon nom.»

Brancoric prit un bain, se rasa. À présent, il avait meilleure mine. «C'est mon premier bain depuis sept semaines! Il y a quelques bestioles qui nagent dans la baignoire. C'est fou ce que l'on peut attraper comme poux! Cela m'a vraiment fait du bien. N'aie aucune crainte, tu ne m'auras pas longtemps sur le dos; j'ai des affaires à régler. Dès ce soir, tu seras débarrassée de moi.» Il s'allongea sur le canapé pour dormir. C'était difficile pour Clarissa, mais elle dit néanmoins: «Je t'inviterai à dîner.»

Le lendemain, dans l'après-midi, Clarissa se rendit chez le docteur Silberstein. D'une certaine façon, elle était consternée, mais contente en même temps. Elle se montra affectueuse et insouciante. Il y avait quelqu'un auprès d'elle. Sa solitude était terminée. Le malaise était oublié. Et tout semblait soudain si facile. Il ne fallait pas que la vie redevienne aussi pénible pour elle. Sur le chemin du retour, elle fit ses emplettes.

*

Lorsque Clarissa rentra à la maison, le soir, elle trouva Brancoric et son fils assis par terre, et Brancoric dit en riant : «Nous avons un peu joué ensemble. Un charmant garçon. Je crois qu'il est intelligent. »

Elle rougit. Cela lui faisait plaisir.

«Toutes tes affaires sont-elles en ordre ? » lui demanda-t-elle.

Il se mit à faire les cent pas dans la pièce.

«Ma chérie, tu n'as pas de chance. Tu vas m'avoir sur les bras pendant un certain temps. J'espérais ne pas être un fardeau pour toi. Mais à présent, je vais devoir vivre à tes crochets pendant un certain temps, et il va falloir que tu m'aides. Ce n'est pas ma faute. C'est la tienne. »

Spontanément, Clarissa voulut protester. Mais il poursuivit :

«Oui, c'est ta faute. Toi et tes scrupules. Normalement, nous ne devrions pas nous retrouver dans une situation pareille. Ah ! ce chien, ce chien maudit ! Je ne lui ai jamais fait confiance. Nous étions d'accord. Je t'avais pourtant demandé d'envoyer l'argent à Huber. Toi et tes scrupules. Pendant trois ans, je l'ai livré, j'ai cent quatre-vingt mille couronnes de marchandises stockées chez lui. C'est un hypocrite. Ah, ce chien ! Sais-tu ce qu'il m'a dit ? Il regrette. Il a fait neuf semaines de prison à cause de moi – à cause de moi, ce chien ! J'ai usé mes chaussures pour l'enrichir. Si seulement j'avais quelques milliers de couronnes. Je n'en ai même pas une. Non, il ne m'a même pas donné une couronne, et il m'a dit que je n'avais qu'à porter plainte contre lui. Il sait bien que je ne le peux pas. "Nous sommes quittes. Votre argent, je l'ai gagné en faisant neuf semaines de prison. Comme un criminel. Je peux citer votre épouse comme témoin…" Ah, quelle arrogance quand il m'a dit qu'il n'avait rien reçu… Quel arrogant, ce Huber. Il a eu ton argent et tout. Nous avons vraiment mérité plus d'égards.

– Que vas-tu faire ?

– Je ne peux rien faire. Il faut que je serre les dents. Je ne peux même pas lui mettre mon poing dans la figure. Je me suis mis en colère et j'ai craché à ses pieds. Mais lui s'est contenté de rire. "Mon domestique essuiera". Il a un domestique, une villa et d'autres choses encore qu'il possède là-bas – je l'ai su par le coursier. Il m'a volé. Je croyais pouvoir construire quelque chose en rentrant. Mais à présent, je ne suis qu'un mendiant, et en plus, je suis à ta charge. On nous a dépossédés de nos biens. Ah…»

Il était redevenu le malade d'autrefois. Le désespoir s'empara de lui. Il y avait à nouveau quelque chose en lui qui le faisait ressembler à un enfant. Clarissa en fut émue. Il se mit à trembler. À cela s'ajouta une crise de larmes.

«Mais ce n'est pas grave. Il me reste un peu d'argent, dit-elle. Tu peux dormir ici sur le canapé. Et tu auras aussi de quoi manger. Nous nous en sortirons. Il faut que tu recommences autre chose. Dès les premiers jours.»

Il la regarda.

«Il a fait des saloperies, Huber. Et en plus, il m'a donné. Tout ce que je peux faire, c'est m'enfuir. J'ai été obligé de traiter avec des chiens pareils. Ils ont volé tous ceux avec qui ils ont travaillé, alors qu'eux-mêmes ne voulaient pas se mouiller. Il était tout miel. Si tu avais été auprès de moi, tout cela ne serait pas arrivé. Il ne faut pas que tu me laisses seul, sinon je fais n'importe quoi, parce que je m'ennuie. Au début, tout allait bien. Que veux-tu, j'aime bien la contrebande – je crois que j'aime ma peur. J'aime jouer ainsi mon va-tout. Avec toi, tout se serait mieux passé. Mais je n'ai pas de chance, tu ne m'aimes pas. C'est vraiment de la malchance. Je n'ai de la chance que pour les choses que je n'aime pas. Je suis à la rue. J'aimerais tant vivre tranquillement, avec toi et l'enfant.»

Il la regarda d'un air plein de tendresse.

« Arrête, dit-elle. Tu sais que je t'aiderai partout où je le pourrai. Nous finirons bien par trouver quelque chose. »

*

Cela faisait déjà huit jours que son mari était chez elle. Le voisinage s'étonna, et en premier lieu la concierge, car Brancoric affichait une belle insouciance. Dans la journée, il cherchait du travail. « On ne trouve rien. Ils font tous semblant de ne plus vous connaître. » Et pourtant, il restait gai. Il jouait avec l'enfant. La concierge était étonnée. Quelque chose en Brancoric lui déplaisait ; il y avait dans son comportement quelque chose d'obséquieux qui dérangeait même Clarissa. Mais il la tranquillisait. Pourtant, elle restait blême et amère. Il oubliait complètement sa situation dès qu'il se retrouvait par terre à jouer avec l'enfant. Elle était un peu jalouse, c'est vrai. Au fond d'elle-même, tout était amertume. Elle se disait : « Fais attention. » Elle devait se rendre compte de ce qu'il était. C'était touchant de voir qu'il était obligé de lui demander de l'argent pour s'acheter des cigarettes. C'était un être superficiel ; rien ne l'atteignait profondément. Tout le bouleversait, mais il l'oubliait dans l'instant. Elle se souvenait que les gens se moquaient de lui à l'hôpital en racontant des plaisanteries à son sujet. Elle avait pitié de lui.

Les journées étaient froides. Le matin, il partait vêtu d'un pardessus léger et chaussé de vieux souliers ; elle ne savait pas où il allait. Simplement, le soir, elle voyait à son visage épuisé que tous ses efforts avaient été vains. Mais bientôt, il se remettait à jouer avec l'enfant, racontait des histoires de Turquie. Il avait un don de conteur. Il mentait, presque sans s'en rendre compte. C'était un mélange calculé d'honnêteté et de mensonge ; il savait quel effet il obtenait en se comportant ainsi. Clarissa était irritée d'éprouver constamment de la pitié pour lui ; elle considérait qu'il valait mieux que cela. Il refusa un emploi de comptable ; c'était à Floridsdorf, et donc trop loin, en banlieue. Il semblait avoir des amis, mais ils n'étaient pas très fiables, comme lui-même. Tous les matins, il parlait avec un certain optimisme ; s'adressait-il à elle ou se parlait-il à lui-même ?

Enfin, le huitième soir arriva. Il était tard. Elle était allée se coucher. Brancoric connaissait un comédien au théâtre de Josephstadt ; il espérait être embauché par son intermédiaire à la caisse. Dix heures sonnèrent, puis onze. Sans le vouloir, elle l'attendait. Avant de s'endormir, l'enfant lui avait demandé : « Où est Papa ? » Clarissa se dit : « Il s'est habitué à lui. Si je partais, il ne s'en rendrait même pas compte, tant il le réclame. » Elle l'entendit arriver entre onze heures et minuit. Il n'alla pas se coucher. Il faisait les cent pas dans la pièce. Elle guettait le bruit de ses pas. Il lui sembla entendre des sanglots imperceptibles. Elle devait le rejoindre dans sa chambre. Elle s'habilla.

« Je n'en peux plus. Personne ne veut de moi. Je donne une caution, mais on ne veut pas de moi pour autant. Je ne suis qu'un invalide de guerre. Je vais aller travailler chez les communistes. Ma place n'est pas ici, à Vienne. Je n'en peux plus. Je suis un fardeau pour toi. Je vis à tes crochets. Personne ne veut de moi.

– Non », dit-elle.

Elle savait quand il parlait vrai. Son désespoir était réel. Elle l'apaisa.

« Qu'as-tu ? »

Il pleurait. Il était redevenu l'être faible d'autrefois. Il était brisé. Elle lui parla :

« Les choses vont certainement s'arranger.

– Si tu étais ma femme, oui, mais comme cela… Je sais que tu me méprises. Je le sens. Tu me considères comme un escroc, un vaurien. Je n'y peux rien. J'ai travaillé comme une bête. Ce n'était pas facile. Et tout cela est parti en fumée. Je ne veux plus.

– Aie donc confiance en moi. Cela ne me dérange pas. J'aime bien que tu sois là. Tu ne me déranges vraiment pas.

– Vraiment ? »

Il saisit ses mains. Elle se sentit mal à l'aise parce qu'il faisait nuit et qu'elle était là et qu'elle n'avait enfilé que sa chemise de nuit, et, par-dessus, son peignoir. Il la prit par les épaules.

« Laisse-moi.

– Ne me rejette pas !

– Laisse-moi, répéta-t-elle d'un ton plus rude. Tu vas troubler le sommeil de l'enfant. Il pourrait se lever et venir ici. »

Elle céda. Il la prit.

*

Elle se réfugia dans la chambre de son enfant et poussa le verrou. L'enfant ne bougeait pas. Il s'était endormi. Un crime venait d'être commis. Elle avait honte d'elle-même, car c'était Léonard qu'elle aimait. Mais pourquoi l'avait-il oubliée ? Pourquoi l'avait-il rejetée ? Elle avait appartenu à un homme contre sa volonté et ne pouvait se plaindre. Elle était vraiment liée. Et leur situation était elle-même liée à un secret. À présent, tout était fini. Clarissa appartenait à quelqu'un à qui, au fond, elle n'appartenait pas. Désormais, elle devrait traîner encore et toujours un mensonge derrière elle comme un boulet.

1919-1921

Trois années passèrent, moroses et difficiles. Elle ne se souvenait de rien. Elle pensait qu'il était mort. Que Léonard était mort. Car il ne lui avait pas écrit. La seule chose qui lui importait, c'était de voir son enfant grandir. À la maison, peu de choses avaient changé. Brancoric avait trouvé un emploi, d'une façon étrange. Ils s'installèrent dans un autre appartement. Brancoric et Clarissa vivaient un mariage bizarre depuis qu'il avait senti à quel point elle lui en voulait encore de l'avoir prise. Ainsi, elle fut heureuse que les choses se terminent entre eux sans remous et qu'il s'entende bien avec la femme de son patron. « C'est simple. On a une femme qui ne vous aime pas. » Pourtant, leur couple tint bon. Elle ne voulait pas se fâcher, mais elle ne s'occupait pas de lui. Elle le fuyait.

Pendant un temps, elle pensa échapper à ce mariage. Elle songea au divorce. Elle demanda conseil au docteur Silberstein. Il était devenu caustique. « À quoi bon, quand il s'agit de gens libres », dit-il en riant. Finalement, elle se rendit compte de ce que cela aurait d'étrange pour l'enfant. Il avait huit ans. Il vouait une véritable vénération à Brancoric. Il était sans défense. Brancoric était un être puéril et superficiel. La colère de Clarissa contre Léonard allait croissant. Elle aurait aimé savoir s'il était encore vivant.

Elle n'avait pas revu son père depuis lors. Elle ne le revit qu'à l'occasion de la messe dite à la mémoire de l'empereur François-Joseph, le jour anniversaire de sa mort. Il était devenu un vieillard. Dur et méchant. La guerre l'avait comme pétrifié. «Tout cela ne me concerne pas. Je ne veux pas. Pas avec nos ennemis. Et je ne veux rien savoir non plus de ton vaurien de mari. Et toi, tu as aidé un Français. Trois lettres sont arrivées pour toi. Tu es une espionne.» Il était fou de colère. Elle rentra précipitamment avec lui à la maison, tant elle était consternée. «Là, là, regarde. Vous êtes des chiens. Je vais appeler la police. Vous avez tout trahi.» Il lui lança un paquet de lettres.

*

Il y avait là cinq lettres de Léonard. Il avait écrit les trois premières immédiatement après l'armistice. Puis il avait écrit à nouveau, et une fois encore. Elle qui croyait qu'il l'avait oubliée ! Et elle avait eu honte d'écrire elle-même depuis qu'elle couchait avec son mari. À présent, il était trop tard, il fallait qu'elle continuât à vivre ce mensonge, il fallait qu'elle fît croire à son enfant qu'il était le fils d'un autre.

1921-1930

Pour Clarissa, ce furent les années mortes. Elle n'avait
que son enfant.

Table

Composition réalisée par
INFOPRINT à l'île Maurice

IMPRIMÉ EN FRANCE PAR BRODARD ET TAUPIN
Usine de La Flèche (Sarthe).
LIBRAIRIE GÉNÉRALE FRANÇAISE - 6, rue Pierre-Sarrazin - 75006 Paris.
ISBN : 2 - 253 - 09528 - 1 ✦ 30/9528/8